ベリーズ文庫

モフぴよ精霊と領地でのんびり暮らすので、嫌われ公爵令嬢は冷徹王太子と婚約破棄したい

吉 澤 紗 矢

JN031234

STARTS
スターツ出版株式会社

目次

モフぴよ精霊と領地でのんびり暮らすので、嫌われ公爵令嬢は冷徹王太子と婚約破棄したい

ダールベルク王国の王太子
ユリアン
常にクールで、最上位精霊
フェンリルを召喚するほどの
強い魔力の持ち主。
今までベアトリスを嫌っていたが、
最近の彼女からは
目が離せなくなっていて…！
嫌われ公爵令嬢
ベアトリス
庶民だった
前世の記憶を思い出し、
自分が嫌われ者だと気づく。
これ以上目立たないために、
ユリアンとの婚約破棄を
望むが…。

モフぴよ精霊と領地でのんびり暮らすので、嫌われ公爵令嬢は冷徹王太子と婚約破棄したい

Character Introduct0ion

モフモフ精霊
ピピ

ベアトリスのことが大好きな
小鳥精霊。
魔力はほぼ無いようだが
本当の姿は…!?

クールな公爵令息
ゲオルグ

ユリアンの側近のひとり。
冷静沈着で頭脳派タイプ。
ユリアンを悩ませていたので、
ベアトリスのことを嫌っている。

武闘派の伯爵令息
ツェザール

ユリアンの側近のひとり。
猪突猛進で肉体派タイプ。
過去の事件により人一倍
ベアトリスのことを嫌っている。

心優しい男爵令嬢
カロリーネ

ベアトリスの初めての友達。
噂だけでベアトリスのことを
判断しない思慮深さがあり、
成績も優秀。

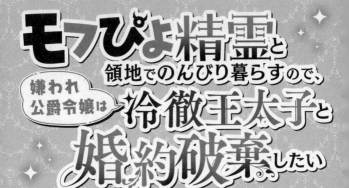

モフぴよ精霊と領地でのんびり暮らすので、
嫌われ公爵令嬢は冷徹王太子と婚約破棄したい

第一章　前世の記憶

自らの命が尽きかけているのを悟っているせいか、これまでの人生が走馬灯のように浮かんでは消えていく。

ロゼ・マイネは物心つく前に親に捨てられ孤児院で育った。つらいときもあったが、優しい院長とシスター、仲間たちと過ごした日々は楽しかった。

それでも心残りはたくさんある。

色鮮やかな綺麗《きれい》なドレスを着てみたかった。馬車に乗って遠くに行き、海というものを見てみたかった。

一番残念なのは、王都で人気のカフェのケーキが食べられなかったこと。孤児院の子どもたちにも食べさせてあげたくて、せっせと貯金していたのに残念だ。

そんな自分の思考に苦い気持ちになる。人生の最期のときに悔やむのが、こんなささやかな願いだなんて。

（まだまだやりたいことがたくさんあったのに……悔しいよ）

未練が尽きないが、理不尽な暴力になすすべもなくさらされた体はぼろぼろで、瞼を開く力すら残っていない。

「ロゼ？　嫌だよ、目を――」

なにかを叫ぶ子どもの声が耳に届いたけれど、それもやがて聞こえなくなった。

（もし来世があるなら絶対に幸せになりたい！　今度こそ願いを叶えて幸せに……）

温かな光に包まれるのを感じたとき、ロゼはようやく苦痛から解放された――。

◇◇

「トリス、気分が優れないのか？」

朝食をとるためにダイニングルームに入ったベアトリスに、上座に着席している壮年の男性が声をかけた。同じテーブルに着いている優雅な女性と、女性によく似た綺麗な顔立ちの若い男性もこちらに視線を向けていた。三人とも華やかで気品にあふれ、上位貴族の風格が滲み出ている。

「いいえ。大丈夫ですお父様。お母様とお兄様もお待たせして申し訳ありません」

ベアトリスはぎくしゃくとした動きで空いている席に腰を下ろす。その間も痛いほどの視線をひしひしと感じて居心地が悪く、目を合わせないよう視線を別の方向に向けたら、今度は壁際に控えていた四十代くらいの男性と視線が重なった。

(な、なんでみんな私を見てるの？　もしかして言葉遣いが変だったのかな？　それにこの男の人は誰だっけ。上品な感じだから偉い人なんだろうけど)

動揺しながら必死に考える。しばらくしてこの屋敷の使用人をまとめる執事のエリオットだと思い出した。

思考がひどく混乱していて、知っているはずの相手でもなかなか名前が出てこない。

続いて室内を見回した。

わずかの汚れも見つけられないピカピカに磨かれた窓。ミントグリーンの壁には金の装飾。天井にはきらびやかなクリスタルのシャンデリアと、どこに視線を向けても華やかさと気品にあふれている。

ここはダールベルク王国の名門貴族クロイツァー公爵家のタウンハウス。

公爵一家の圧倒的な存在感に萎縮気味になっているのは、ベアトリス・ローゼ・クロイツァー。生まれてから今日までの十七年間、多くの人にかしずかれ、それを当然のように受け止めてきた自尊心が高い令嬢だ。ところが彼女は今朝、突然前世の記憶を思い出した。

ベアトリスの前世は、ロゼ・マイネという名前の女性だった。

物心ついた頃には両親はなく孤児院で育ち、十六歳になると町で一番大きな宿屋で働き始め、そのかたわら自分が育った孤児院の仕事を手伝っていた。

真っすぐの焦げ茶色の髪に、つぶらな黒い瞳。贅沢はできないが食べるものに困ることはなく、慎ましく穏やかに暮らす日々。

そんなどこにでもいるような平民の娘だった前世の記憶が、目覚めとともに蘇ったのだから、その驚きときたら言葉では言い表せない。

しかし頭の整理をする間もなく、朝の支度を手伝いにやって来た侍女に急かされダイニングルームに連れてこられて今に至る。

一気に記憶が増えたためか、まだ思考はぼんやりしていて目の前の光景に現実味がない。

現世の記憶もかなり曖昧になっており、例えば使用人の名前も落ち着いてゆっくり思い出さなくてはならないほど。

一番の問題は、前世の人格の影響が強く、昨日までのように振る舞えなくなっていることだ。

作法や積み重ねた知識を忘れてはいないものの、平民であるロゼ・マイネの感覚が強すぎて現状になじめず、家族の食事の席ですら萎縮してしまっている。

（こんな私が公爵令嬢だなんて……絶対無理だよー！）

この先やっていけるのだろうかと心配でたまらない。

テーブルの上の磨き抜かれたグラスに自分の顔が映り込む。

波打つローズピンクの髪に、少し目じりが上がった大きなルビー色の瞳。前世とは正反対の、華やかでいかにもお姫様といった容姿も落ち着かない気持ちになる一因だ。

「トリスどうしたんだ？　さっきから様子がおかしいが」

「い、いいえ、お兄様。なんでもありません」

ベアトリスは冷や汗をかきながら必死につくり笑いをする。

（お願い、今はこれ以上追及しないで）

せめてもう少し慣れるまで。しかしそんな心の中の叫びは届かず、彼は不審そうにベアトリスを見つめていた。

内面を見透かすようなその眼差《まなざ》しに心臓が落ち着きなく脈打つのを感じながら、頭の中では怪訝な顔をする兄についての情報を整理する。

彼の名前はランベルト・カリス・クロイツァー。公爵家の跡継ぎでベアトリスより五歳年上の二十二歳。現在は王宮に財務大臣政務官として勤めている。

ベアトリスと同じローズピンクの髪にルビー色の瞳。父も同じ色なのでクロイツァー公爵家特有の遺伝なのかもしれない。ちなみに母は赤みが強い茶髪に紫の瞳をした童顔の美人だ。

「トリスちゃん、ランの言う通り今日のあなたはどこかいつもと違っているわ」

「そうだな」

母と父までがベアトリスを疑うような目で見つめている。

家族だけあり、ベアトリスの変化に敏感だ。

「お母様。心配をかけてごめんなさい。でも本当に大丈夫です」

「え……トリスちゃんがごめんなさいと言うなんて」

母が驚いたように目を丸くする。

「トリス。昨夜の王宮からの連絡については覚えているか？」

続いて兄が真剣な表情で口を開いた。

「ええ、あの……あれよね」

ベアトリスはごまかしながら、必死に昨夜の記憶を引き出そうとする。

「王太子殿下から今日の儀式のエスコートを断るという連絡だ」

（王太子殿下って……ああっ！）

兄の言葉が呼び水になったのか、ベアトリスの頭の中に次々と昨夜の出来事が浮かび上がった――。

公爵邸の応接間で、ベアトリスは顔を真っ赤にしてブルブル体を震わせていた。

少し離れたところに、騎士服姿の男性が佇んでいる。

『そんな……エスコートができないってどういうことよ！』

ベアトリスが感情を爆発させるように叫び、テーブルの上の高そうな白磁のカップを掴《つか》むと、壁に向かって放り投げた。

カップは耳障りな音を立てて割れ、白い壁には紅茶色の染みが飛び散った。

貴族令嬢とは思えない常軌を逸した振る舞いだ。騎士はなにも言わないものの、あきらかに軽蔑の表情を浮かべている。

『トリスちゃん、落ち着きなさい』

同席していた母がなだめても、ベアトリスは聞き入れようとしない。

『嫌よ！　どうして私がこんな屈辱を受けないといけないの？　お父様に言いつけてやるわ！』

もうひとつのカップにベアトリスが手を伸ばそうとしたため、侍女が慌てて止めに入った。

『お嬢様、どうかおやめください！』

『うるさい！　私に逆らったら許さないから！』

ついには侍女たちにまであたり始める。母の目配せで騎士が退室したことにさらに怒り、鎮まる気配はなく――。

（あ、ありえない。もしかして……もしかしなくても、私ってとんでもない性格だったんじゃない⁉）

思い出した事実はあまりに衝撃的で、ベアトリスはうなだれて頭をかかえた。

昨日までのベアトリスは、情緒になにか問題があったのかもしれない。いくらショックなことがあったのだとしても興奮しすぎだし、人の迷惑というものを少しも考えていない。

「トリス、どうしたんだ？」

普段とは違う娘の様子がいよいよ心配になったのか、父までもが立ち上がりベアトリスに近づいてくる。

「あ、なんでもありません、大丈夫です」

なんとか微笑んでみたものの、うまくいっているかは自信がない。父はそんなベアトリスの顔を見て、痛ましげに眉を下げた。

「王太子殿下の態度でトリスが落ち込む気持ちはよくわかるが、今日の召喚式は魔力を持つ者の義務だ。つらいだろうがひとりでも出席しなければいけないよ」

(ひとりなのは別にいいけど、召喚式ってなんだっけ?)

首をかしげたくなったが、今は余計な発言をしないのが得策だろう。

「はいお父様。昨夜のように取り乱したりはしないと約束します」

そう返事をすると、父は大げさに思えるほど驚き目を見開いた。

きっとベアトリスが物わかりのよい返事をしたからだ。こんな短いやり取りでも、普段どんな目で見られていたかよくわかる。

(愛する娘だけれど、手を焼いている。きっとそんな感じね)

「偉いわ。トリスちゃんならイフリートだって召喚できるはずよ。がんばってね」

「は、はい。お母様。ご期待に添えるようにがんばりますね」

イフリートがなにかよくわからないまま返した言葉だったが、母はいたく感動した様子だった。

食事を終えて私室に戻ると、朝起こしに来てくれた侍女が待ち構えていた。

彼女はサフィ。クロイツァー公爵家傘下の子爵家三女で、幼い頃からベアトリスに仕えている。年齢はベアトリスより三歳年上の二十歳で、黒髪に琥珀色の目の美人だ。

「お嬢様、あまりお時間がありませんので、すぐにお召し替えを」

「え、ええ」

サフィを含めた侍女三人がかりでの身支度が始まる。

彼女たちが化粧と髪の手入れをしてくれている間、ベアトリスは目をつむり頭の中の整理に励む。

ベアトリスは婚約者である王太子に、召喚式とやらに一緒に行こうと誘っていたが、昨日人伝てに断られ激怒して暴れまくった。結果倒れてそのまま朝までふて寝して、起きたら前世の記憶を思い出していたというわけだ。

（前世を思い出したきっかけは、王太子殿下にふられた精神的打撃になるのかな？）

そんなことで？とは思うが、ほかに特別な出来事はなさそうだ。

しばらくすると、だんだんと状況を理解してきた。

このダールベルク王国には生まれつき魔力を持つ者がいる。ほとんどが貴族だが、遠い先祖に貴族出身の者がいる平民にもときどき力が現れる。

魔力の有無は、一歳の誕生日で行う洗礼式で確認し、魔力を持つと判明した場合は、十六歳から二十歳の間の二年間、国立魔法学院に通う義務がある。魔法学院を卒業して初めて一人前の魔導士として認められるのだ。

ベアトリスは魔力を持っているため、十六歳で魔法学院に入学した。

件《くだん》の召喚式とは、魔法学院の教育課程を一年修了した生徒が行う儀式で、魔力を捧げて自身に力を与えてくれる精霊を呼び出すもの。魔力の質と強さで召喚できる精霊は変化する。

ベアトリスの魔力は強く、最高位の精霊を召喚できるだろうと言われていた。

ちなみに血筋によって得意な魔法の属性があり、クロイツァー公爵家は炎の力を受け継ぐ家系である。

ひと通り頭の中の整理がついたところで「お嬢様」と呼びかけられる。目を開き一番に視界に入った鏡の中には、すっかり身支度が終わった令嬢の姿があった。

波打つローズピンクの髪はひとつにまとめて赤いリボンで結ばれ、陶器のような白い頬にはほんのり紅がのせてある。目もとには薄いピンク色の粉を使い華やかさとかわいらしさが同居した印象になっていた。

（それにしてもベアトリスって美人だわ～）

華やかな色合いの髪と瞳に完璧に整った顔立ちで、存在するだけでその場が華やぐような輝きを持つ女性だ。

(性格は問題ありだけどね)

化粧の後は魔法学院の制服に着替えをした。

白いブラウスに紺色のジャケットと膝下《ひざした》のスカート。とても清楚な雰囲気の制服だが、ベアトリスが身につけるときらびやかかつ華やかに見える。

その後、豪華な馬車に乗せられ、家族の見送りを受けて出発した。

国立魔法学院には公爵家のタウンハウスから馬車で向かう。

車内ではほかの者の目がないので遠慮なくノートを広げて、学院や人間関係のおさらいをしていたため、あっという間に到着した。

王宮のような立派な門を通ると、綺麗に整備された広々とした道が続いている。

車寄せに馬車が停まり、公爵家から同行した護衛騎士レオが扉を開けて手を差し伸べてくれた。やわらかな茶髪と同色の優しそうな目をしているが、ベアトリスに対しては淡々とした態度だ。

「ありがとう、レオ」

笑顔でお礼を言うと、ずっと無表情だったレオの顔が一瞬驚きに染まった。たぶんいつものベアトリスの態度とは違っていたんだろう。だからといって、日常の細かいやり取りを思い出して再現するのは無理だし、わざとわがままに振る舞うのは気が進まない。

(早く今の私に慣れてくれるといいな)

レオの手を借りて降りてから辺りの様子を見回す。するとちょうど近くを通りかかった女生徒と目が合った。

彼女はびくりと怯えたような表情をしてから立ち止まり、深く頭を下げそこで動きを止める。少し様子を見たが微動だにしない。

(私が公爵令嬢だから気を使っているのかしら?)

魔法学院内では爵位にかかわらず平等のはずだが、実際は違うということだろうか。

「お嬢様、彼女に声をかけてあげてください」

戸惑うベアトリスにレオがそっと耳打ちする。ベアトリスは小さくうなずき、女生徒に微笑みかけた。

「ごきげんよう」

「おはようございます。クロイツァー公爵令嬢」

彼女はベアトリスをちらりとも見ずにますます深く頭を下げる。

どうやらかなり警戒されている。ベアトリスが困り果てたそのとき、急に周りが騒がしくなった。

いったい何事かと視線を巡らせて騒ぎの原因を探していると、生徒がさっと左右に分かれ一本の道をつくる。

そこからやって来たのは、美しい黒髪に冴え冴えとしたサファイアブルーの瞳の、信じられないくらい見目麗しい男性だった。

彼は王太子ユリアン・ロイド・ダールベルク。

ベアトリスより二歳年上の十九歳だが、一昨年、国王が病に倒れ政務を代行していたため、魔法学院への入学がうしろ倒しになった。結果彼の側近ともども、ベアトリスと同学年になっている。

(このユリアン王太子が、私の十年来の婚約者なのよね。でもあまり関係はよくなさそう)

大事な召喚式のエスコートをすげなく断られているし、いくら思い出そうとしても、ふたりで過ごした記憶がない。

生徒たちの視線を集めながら堂々と歩みを進めていたユリアンが、ベアトリスに気づき凛々しい眉を不快そうにしかめた。

ベアトリスはごくりと息をのむ。

（これは……関係がよくないどころか、嫌われているのでは？　それもかなり）

こんな間柄でよくエスコートなんて頼めたものだと、あぜんとする。

ユリアンはにこりとも笑わずベアトリスの前を素通りする。相手が名ばかりの婚約者とはいえあまりに冷たい態度で、昨日までの自分だったら怒鳴り散らしていたかもしれない。今となってはこのまま立ち去ってほしいとしか思えないが。

ユリアンはたしかに際立った容姿の持ち主だ。それだけでもベアトリスが彼に熱を上げていたのもうなずける。でも今のベアトリスは彼を怖いと感じる。

（近づいたら、あの冴え冴えとした美貌で睨みつけられそうだもの）

想像するだけで恐ろしい。

だからユリアンが視界から消えてほっとひと安心したというのに、立ち去ったはずの彼が急に足を止めてくるりとこちらを振り返ったものだから、ついビクッと全身を震わせ目を見開いて動揺してしまった。

「クロイツァー公爵令嬢」

ベアトリスを無視したユリアンが、なぜか突然忌々しそうに名前を口にして怒りのこもった目を向けてくる。

そんな態度を取られる理由がわからずベアトリスが戸惑っていると、レオが焦ったようにささやいた。

「はやく王太子殿下に返事をしてください」

「あ、は、はい……王太子殿下ごきげんよう」

ベアトリスは令嬢らしく微笑んだが、内心は不安でいっぱいだ。

「クロイツァー公爵令嬢。なぜ彼女をそこに立たせているんだ？」

（彼女？）

ユリアンの視線を追うと、つい先ほど会話をしたやけにおどおどした女生徒が変わらない姿勢でそこにいた。

ベアトリスの許可が下りるのをいまだに待っていたのだろうか。

（ああ……顔を上げてと言っておけばよかった）

後悔したが今となっては手遅れで、ユリアンはベアトリスを睨む目を心底あきれたように細めた。

「学院において生徒は平等だと、何度言えばわかるんだ？」

「あ……あの……」

彼はベアトリスが女生徒を虐げていると思ったのだろう。否定したいのに、ユリアンの軽蔑の眼差しが怖くてうまく言葉が出てこない。

「人を人とも思わない君の態度には心底うんざりするよ」

きっとベアトリスが謝罪の言葉も言い訳すらも言わなかったから、あきれてしまったのだ。

(どうしよう、早く弁解しなくちゃ)

動揺するベアトリスからユリアンは冷たく視線をはずし、突っ立ったままだった女生徒に優しく声をかける。

「君はもう行っていい。クロイツァー公爵令嬢が迷惑をかけて申し訳なかった」

「と、とんでもございません」

女生徒は恐縮した様子で何度も頭を下げながら、脱兎のごとく去っていった。

よほどベアトリスが怖かったようだ。

周囲からの視線も冷たい。直接非難してくる人はユリアン以外にはいないようだが、みんなから非難されているのを感じる。

(ベアトリスは毎日こんな環境の中で過ごして平気だったの？　私なんてこの数分耐えているだけでも必死なのに……！)

エスコートの有無を気にしている場合ではないと言いたくなる。

「お嬢様、大丈夫ですか？」

すっかり疲弊してその場に立ち尽くしていると、レオが声をかけてきた。

「あ……ええ。大丈夫よ」

返事をするとレオはほっとしたようにやわらかな表情になった。ユリアンに怒られたのを心配してくれているようだ。

「レオ、ありが——」

「よく我慢なさいましたね。お嬢様が癇癪《かんしゃく》を起こしたら強引な手を使ってでも止めるようにランベルト様から命じられていましたが、その必要はなかったようです」

「え、癇癪って？」

「ご存知の通り本日は年に一度の召喚式です。いくらお嬢様でも、騒ぎを起こしたらただではすみませんからね」

（レオは騒ぎにならなくてよかったとほっとしてるのね。お兄様も私が騒ぐと予想していたなんて）

「お兄様はずいぶん心配性なのね……」

ついぽつりと愚痴をこぼすと、レオはどこかあきれたような表情になる。

「昨年の離宮での騒動以来、ランベルト様は慎重になっているのです」

「なんのこと？」

「まさか忘れたのですか？　公爵夫人に激怒されていたではありませんか。お嬢様は心労からしばらく寝込んでいましたよね？」

「あ……そうね、そうだった！」

　不審な目を向けられ、ベアトリスは笑ってごまかした。

（まったく覚えていないとは言えない雰囲気だわ）

　正直に告げたら軽蔑されるのは間違いない。

（よくわからないけど、私は昨年大きな問題を起こして、お母様にものすごく叱られて、たぶんショックのあまり寝込んだのね）

　あの見るからに穏やかで朗らかな母が激怒する姿は想像できないが、それほどひどいことをしたのだろう。

（嫌な記憶すぎて、思い出せないのかも）

　どちらにしても、ベアトリスの信用は底辺だとはっきりした。

　ほかにもいろいろやらかしていそうなので、今後の人付き合いのためにも、後でゆっくり思い出す必要がある。

「お嬢様、そろそろ行きましょう」

「ええ」

すっかり疲弊したベアトリスは、レオに促されてユリアンが向かった方向に歩き出した。

召喚式は魔法学院の講堂で行うらしい。

生徒が儀式を行い、この先一生付き合う守護精霊を獲得する。

「でも一人ひとりやっていたらかなりの時間がかかりそうだわ」

「時間はかかりますが退屈はしませんよ。皆、誰がどんな精霊を召喚するのか興味津々ですからね」

レオが詳しいのは、彼も五年前にこの学院に通っていたからだ。

「ということは、みんなが見ている前でやるの？」

「そうですよ。緊張しますがお嬢様なら大丈夫でしょう」

昨日までのベアトリスならその通りだろう。

(でも、今の私には難しいんじゃないかな)

公爵邸を出る前に試してみたが、魔法が発動しないのだ。もしかして、前世は平民で魔力がなかったことが影響しているのかもしれない。

「あの、急に魔法が使えなくなることってあるのかな？」

「そのような事例は聞いたことがありませんが」

レオはなんでそんな質問をとでも言うように目を瞬く。不審に思われているのはわかったが、この際だから気になる点を質問することにする。

「魔力を持っていたら魔法が使えるのよね？　それなのになぜ精霊が必要なの？」

「お嬢様、今の段階でその質問は大問題です。ほかの人には絶対に言わないでくださいね」

「え、ええ、もちろん。レオだから聞いてるのよ」

本気で慌てているレオに、ベアトリスは愛想笑いをするしかない。レオは気を取り直したように表情を引きしめて口を開く。

「魔力がある者は魔法が使用可能ですが、人それぞれ得意系統があり、なんでもできるわけではありません。お嬢様は炎系統の魔法なら高位のものまで使えますが、治癒魔法はいっさい使えませんよね」

「そ、そうね」

「しかし精霊の力を借りることで、できることが増えます。初級程度の魔法しか使えない者が、中位の魔法を使用できるようになったり、ほかの属性、例えばお嬢様に治癒魔法の適性がついたり、といったところです」

ベアトリスは真面目な顔でうなずいた。

（つまり精霊を呼び出せば、一気に強くなれるのね）

たしかに最重要イベントと言える。

「お母様はイフリートって言ってたわよね？」

「そうですね。クロイツァー公爵家初代当主の守護精霊で、非常に強い力を持っています。サラマンダー同様、炎魔法を使う者が喉から手が出るほど求める精霊ですね」

「そ、そうなんだ……」

（そんなすごい精霊、今の私じゃ絶対に呼び出せないと思う）

その後もあれこれ質問を続けていると、あっという間に講堂に到着した。

護衛のレオが付き添えるのは入口までだから、ここからはひとりで行かなくてはならない。ベアトリスはかなり心細くなってきた。

「では俺はここで待機しています。お嬢様、ご武運を」

「え、ええ、がんばってきます」

気合の入ったレオの言葉に、引きつった笑顔でうなずきおそるおそる入口を通る。

(ユリアン王太子も中にいるのよね？　あんな恐ろしい目でまた見られたら逃げ出してしまいそう)


憂鬱になりながらもうひとつの扉を開き進むと、その先には大広間があった。

左右にはステンドグラスの窓が並び、そこからやわらかな光が差し込んでいる。

大理石の床は綺麗に磨かれてピカピカだ。広間中央に椅子がたくさん並べてあり、ところどころに生徒が座っているので、今日の儀式に参加する人のための座席だろう。

突きあたりは一段高く、階段で上るようになっている。想像よりも厳かな雰囲気だ。

ベアトリスは周囲を観察しながらゆっくり足を進め、椅子に近づいた。


(どこに座ればいいのかな)


椅子に名前は書かれていないし、自由席だろうか。

少し迷ってから一番うしろのなるべく目立たなそうな場所に決めた。

舞台に近い席にはきっとユリアンが座るだろうから、できる限り離れて接触しないようにしたい。

ここで待機して、自分の番になったら舞台に向かえばいいのだろうか。

今日の段取りはきっと事前に説明を受けているのだろうが、ざっくりした記憶しかないと、わからないことが多すぎて不便だ。

ため息をこぼしたとき、急に手もとに影が差した。

何事かとうつむいていた顔を上げたベアトリスは、そこに怖い顔をしたユリアンがいるのを見て飛び上がらんばかりに驚いた。

「お、王太子殿下？」

（どうしてここに？　ていうかいつの間に現れたの⁉）

「クロイツァー公爵令嬢、ここでなにをしているんだ？」

それはこちらのセリフだけれど、そんなことを言えるはずもない。

「儀式が始まるのを待っているのですが」

おかしな発言をしたつもりはないのに、ユリアンは「はあ」と重いため息をついた。

「先ほどの一件で機嫌を損ねたのか？　だからといってほかの者に迷惑をかけるな」

「迷惑？」

いったいなんのことかとオウム返しにしたら、ユリアンはますます機嫌を悪くしてしまったようだ。

「とにかく自分の席に座るんだ」

「自分の席？」

指定席だったのかと驚いたそのとき、ユリアンの背後に気の弱そうな男子生徒の姿を見つけた。

ベアトリスがじっと見たため、視線が重なる。すると彼は大慌てで目を逸らした。

（もしかしてこの席って……）

「テンバー子爵令息が困っている。早くどくんだ」

「あ、はい！」

ベアトリスは勢いよく立ち上がり、席から離れる。

「ごめんなさい、つい間違ってしまって」

テンバー子爵令息に謝ると、彼は大げさなくらい驚き首をぶんぶん横に振った。

「とんでもございません。こちらこそ申し訳ございません」

（いや、あなたが謝る必要はないでしょう？）

呆気に取られているとユリアンに「行くぞ」と命令される。どうやらベアトリスの席を教えてくれるようなので、おとなしく彼のうしろについていった。

「クロイツァー公爵令嬢、早く座るんだ」

「……ここが私の席なんですか？」

どうか間違いであってくれとわずかな期待をしながら尋ねる。

案内された席は最前列中央。舞台の真ん前という最も目立つ場所でかつユリアンの隣という、なにかの罰であるかのような位置。今のベアトリスには荷が重すぎる。

「席と儀式の順番は、召喚式を取り仕切るフィークス教団が決定します」

先ほどからユリアンにぴたりと付き添っていた、銀髪に黒い瞳のクールな雰囲気の男性が冷ややかにベアトリスに告げた。彼はユリアンの側近のひとりである、ゲオルグ・アンガーミュラー公爵令息だ。

「あなたは王太子殿下の隣の席だと舞い上がっていたではありませんか。あれほどはしゃいでおきながら、忘れるとは驚きですね」

ゲオルグはあきれ顔だ。嫌みっぽい口調なのは、彼とベアトリスが日頃から不仲だからだろう。

「そ、そうでしたね」

（この人もあたりがキツイ！　無駄に関わらないようにしないと）

ベアトリスはさりげなく視線を逸らし会話を終わらせて席に着いた。

ところが「クロイツァー公爵令嬢にしてはずいぶんとおとなしいな。またろくでもないことを企んでるんじゃないだろうな？」と、別の人物から名指しで話しかけられてしまった。

さすがに気づかないふりは続けられず、ベアトリスは声の方に顔を向ける。

視線の先には赤髪に茶色い瞳の大男、ツェザール・キルステンがいた。

彼はゲオルグ同様ユリアンの側近で、近衛騎士団長であるキルステン伯爵の長男。屈強な体つきは騎士にうってつけで、父にならい近衛騎士団に入団予定だ。

彼もまたベアトリスに嫌悪感を持っているのが、ありありと伝わってくる。頭脳派のゲオルグと違い嫌悪感を隠しもしないので、直接的な危険は大きそうな気がする。

そう思い「いえ、まさか」と愛想笑いし、刺激しないで会話を終えようとしたが、ツェザールは不審そうに眉を上げてますます距離を詰めてきた。

「いつもみたいに、この無礼者が！って言い返してこないのか？」

「い、いえ……」

（記憶にないけどそんなことを言ってたの？　私ってば本当に感じ悪すぎるし偉そうで恥ずかしい。でも、だとしたらおとなしくしていては怪しまれるかも）

どう返事しようかと思っていると、ユリアンがあきれたように仲裁してきた。

「ふたりとも静かにしろ」

ベアトリスがこれ幸いと引き下がると、ツェザールはやや不満そうにしながらも口を閉ざし、席に着いた。

ユリアンの隣がベアトリスで次がゲオルグ、ツェザールという、かなり気まずい席順だ。

しばらくするとベアトリスをいない者として、三人が会話を始める。

嫌でも話の内容が聞こえてきてしまいどうしようかと思ったが、彼らもベアトリスに聞かれて困る内容は口にしないだろうと、ひたすら気配を消して空気になるのに徹していた。

「ユリアンはすごい精霊を召喚しそうだな」

大きな声はツェザールのものだ。

「氷系の上位精霊なのは確定だろうな」

淡々としたゲオルグの発言。

（ユリアン王太子の魔力は氷属性なんだ。本人の冷たい雰囲気に似合ってるな）

ベアトリスは炎の魔力。もともとの苛烈な性格にお似合いだから、魔力と性格は関係があるのかもしれない。

そんなことを考えていると、壇上の端から次々と人が現れて綺麗に整列した。

生徒たちがそれまでのおしゃべりをぴたりとやめ、講堂は怖いほどの静けさに包まれる。

中央の白髪頭の老人が前に出て挨拶を始めた。彼は魔法学院長だ。

「これより召喚式を行います。皆さんも知っている通り、我々が使う魔法は精霊界に住む精霊の力で……」

学院長が魔力についての話を長々と続ける。先ほどレオに聞いた話を詳しくしたものだ。

何度も聞いている内容なのか、生徒たちの緊張感が緩和したが、ベアトリスは真剣に耳を傾けた。

（精霊は普段は異界に住んでいるのね。守護精霊になると、呼びかけに応じて姿を現し力を貸してくれるようになるんだ）

ベアトリスがひとり納得している間も、儀式の流れなどの説明が続く。そんな中気になったのは、学院長の隣にいる白地に薄緑色の装飾がされたローブを羽織った壮年の男性だ。あきらかにひとりだけ服装も醸し出す雰囲気も違っているのだ。

誰なのだろうと観察していると、彼は聖なる樹の女神に仕えるフィークス教のコスタ司教で、彼がこの召喚式を取り仕切ると説明があった。

フィークス教とは、ダールベルク王国の国教で、枢機卿《すうききょう》を頂点に多くの司教、司祭がおり、全国各地で貧しい人々の救済や布教活動を行っている団体だ。

（それにしても、前世ではこんな儀式があるなんて知らなかったし、考えたこともな

かったわ）

平民には魔力持ちが滅多にいないから、あたり前なのかもしれないけれど。

すべての説明が終わると儀式が始まった。

「カロリーネ・シェルマン」

名前を呼ばれた女生徒が返事をして舞台に上がる。紺色の髪に同色の瞳の、凛とした雰囲気の女性だ。

何事も一番初めに行うのは不安で緊張するものだが、彼女は堂々としていて、ベアトリスはその様子に感心した。

「そなたに神木の実を授けよう」

コスタ司教が、銀の盃の中から小指の先くらいしかなさそうな小さな緑の実を取り、カロリーネに差し出した。この儀式を行う前に、神木に生る実を食べる必要があると事前に聞いているものの、ベアトリスは正直言って少し抵抗がある。

しかしカロリーネはためらいもせずに、木の実を受け取りごくりと飲み込み儀式が始まる。

あらかじめ用意されていた魔法陣の中央で彼女が祈りを捧げると、周りに水色の光が立ち上った。やわらかな光はやがてキラキラと粉雪のように舞い降りてくる。

「綺麗……」

なにか変化があるだろうとは思っていたけれど、こんなに幻想的なものだとは。

光の雪に見惚れていると、わっと歓声があがった。

「あれは水の精霊ウンディーネじゃない？」

そんな声まで聞こえて舞台に目を向ける。カロリーネの胸の辺りに水色の塊がフワフワ浮かんでいる。よく見ると小さな女の子の姿をかたどっているようだった。

（あの女の子がカロリーネさんの精霊なのね！）

神秘的な儀式にベアトリスは感動していた。それはほかの生徒たちも同じようで、講堂を満たす空気は緊張から期待をはらんだものに変化している。

名前を呼ばれた生徒たちが次々と舞台に上がり、それぞれの精霊を得ていく。様々な精霊を見るのは楽しくて、ベアトリスは夢中になって儀式を見守った。

精霊にも人間のように位があるようで、より上位のそれを召喚できると強い魔法が使用できる。だから生徒たちは儀式の結果に一喜一憂する。

生徒の半数以上が儀式を終えて、講堂内の盛り上がりは最高潮だ。しかしベアトリスはだんだん不安になってきた。

（私、ちゃんと召喚できるのかな……失敗して家族を失望させたらどうしよう）

ついさっきまで儀式を楽しんでいたというのに、今すぐ逃げ出したい気持ちが襲ってきた。けれど無情にも順番は刻一刻と近づいてくる。

ツェザールはガルーダという大鷲《おおわし》に似た精霊。ゲオルグはへビモスという黒い光をまとう象のような姿をした、かなり高位の精霊を呼び出せたようでうれしそうにしているが、ベアトリスに彼らを気にしている余裕はない。

「次。ベアトリス・ローゼ・クロイツァー」

びくっと体が震える。ついに順番がきてしまった。

不安で仕方がないが、行くしかないと覚悟を決めて壇上に上がる。皆の視線が集中しているのを嫌というほど感じて、冷たい汗が背中を伝い落ちた。

「そなたに神木の実を授けよう」

もう何度も聞いたセリフの後、神木の実を受け取る。

目の前で見るとずいぶんと緑が強くて熟している気配がまるでない。食べ頃とは到底思えない木の実をこわごわ飲み込み、瞬間派手にむせそうになった。

(なにこれ、ものすごく苦い！　どうしてみんな平気で食べられるの？)

思わず顔をしかめると、コスタ司教に冷たい目を向けられる。

「心を無にして。神木の女神に力を求めるのです」

コスタ司教に言われてベアトリスは魔法陣の中央に立った。皆と同じように両手を重ねて目をつむり、祈りを捧げる格好をする。

（神木の女神様。どうかどうか……私に力をお与えください！）

するとベアトリスの周りには赤い光の帯が立ち上がった。

（よ、よかった！　成功したんだわっ！）

ベアトリスの内面に変化があっても、体に宿る強い魔力が反応してくれたのだろう。

赤い光はだんだんとベアトリスの目の前に集まり、やがて形をつくり始める。

（いったいどんな精霊なのかな？）

期待を抱きながら待っていると。

「ピピ！」

かわいい鳴き声とともに現れたのは、小鳥だった。

「こ、これは……」

フワフワと丸くちんまりした体は綺麗な赤色。つぶらな黒い瞳がきょとんとベアトリスを見つめている。

パタパタ羽ばたいていた小鳥精霊は、ベアトリスがそっと差し伸べた手のひらにちょこんと着地した。

（これが炎の精霊最高位イフリート……なわけはないよね。さすがにそれはわかるけど、小鳥の精霊なんているのかな）

首をかしげると、小鳥まで真似するように首をかしげた。そのかわいい仕草にベアトリスの胸はキュンとときめく。ああ、なんてかわいい。

ふかふかの羽をそっとなでてあげると、気持ちよさそうに目を細めて「きゅ」と愛らしくさえずる。

しかしほのぼのできたのはそこまでだった。

「これは……なんだ？」

コスタ司教のまるで不審物を見つけたかのような声ではっと彼を見ると、ものすごく険しい表情をしていることに気づいたからだ。

「こんな精霊は初めて見る。力は……ほとんど感じないな」

（え？　力がない？）

ベアトリスは動揺しながら小鳥を見る。それと同時に舞台下の生徒たちが騒めいていることに気がついた。

先ほどまでの盛り上がりとは違う、気まずさと嘲笑の空気が広がっていた。

（こ、これってやっぱり……）

どうやら危惧していた通り、ベアトリスは召喚を失敗したようだ。

小鳥を胸に抱いたまま、ベアトリスはぼうぜんと立ち尽くしていた。

その後、学院長とコスタ司教に舞台を追い出されて、小鳥と一緒に自分の席へと戻った。

皆の視線が痛すぎる。ユリアンや側近たちがどんな反応をしているか気になるものの、恐ろしくて見ることができなかった。

縮こまって座っていたが、次にユリアンの名前が呼ばれたときにベアトリスはようやく顔を上げた。

壇上に向かう彼の姿勢は美しく伸びていた。自信にあふれたその姿は、人の上に立つ者にふさわしい。

ベアトリスの失敗で妙な雰囲気になっていた講堂内は、ユリアンの登場でたちまち憧憬の念にあふれたものに変わっていった。

ユリアンが魔法陣の中央に立つ。祈る姿も文句なしに完璧だった。彼がなにかつぶやくと、周囲は神々しい銀の光に包まれる。

やがて光が霧散して現れたのは、ユリアンと彼に従うように寄り添う巨大な蒼銀の狼の姿だった。

「あ、あれはフェンリル？」

誰かの声をきっかけに講堂内は歓声に包まれる。

ゲオルグたちが話しているのに聞き耳を立てた情報によると、フェンリルは氷をつかさどる最上位の精霊で、強力な攻撃魔法や強化魔法を使役できるようになるという、誰もが欲する能力を持つのだそうだ。

たしかに見るからに強そうだ。さすがは王太子殿下と、人々が叫ぶ。

ベアトリスと話しているときはしかめっ面だったユリアンも、今は喜びの表情だ。

サファイアブルーの目を細めて、コスタ司教たちの祝福を受けている。

未来の魔導士にとって最重要の儀式は、こうしてベアトリス以外の人々にとっては喜びをもって終了した。


「ト、トリス。そんなに落ち込むことはないぞ」

「そうよ。トリスちゃんは騎士になるわけじゃないんだから、強い魔法が使えなくたって問題ないわ」

さんざんな結果を持って帰ったベアトリスを、公爵一家は必死に慰めてくれる。

テーブルの上には、ベアトリスの好物だったデザートの数々があふれんばかりに並べられていた。少しでも慰めになるようにと用意してくれたのだろう。

「ピピ……」

ベアトリスの肩にちょんとのった小鳥の精霊が興味深そうに、テーブルの上を眺めている。

「しかしなぜこのような結果に？　トリスの魔力では考えられない。この精霊について調べたが前例がなく、どのような能力を持っているのかわからない」

兄ランベルトは公爵夫妻よりは理性的で、早くも小鳥について調べたようだった。

ベアトリスは申し訳ない気持ちになりながら口を開く。

「たぶん、特別な力はないと思います。召喚式を行ったコスタ司教が力を感じないとおっしゃってましたから」

部屋の空気がますます重くなる。

「い、いいじゃないの。魔力がなかったとしても、こんなにかわいい小鳥ちゃんが来てくれたんだから」

なにか言いかけた兄を母は鋭い目線で封じ、ベアトリスに優しい言葉をかける。

「そうだぞ。トリスは音楽の才能があるんだから、今後はそちらに力を入れたらいい」

父も同様に励ましてくれるが、音楽の才能の方もどうなっているかわからない。今言い出す勇気はないけれど。

（それにしても、ベアトリスは家族にはとても愛されていたのね）

学院で嫌われながらも堂々と振る舞えていたのは、絶対的な味方がいたからなんだろう。

「お父様、お母様、お兄様。励ましてくれてありがとうございます。それから期待に応えられずにごめんなさい」

家族を落胆させた事実に罪悪感が込み上げる。

「そんな！　トリスちゃんが謝る必要なんてないわ」

「でもクロイツァー公爵家の評判まで落としてしまったようです。力を失った家と言ってる人がいましたから」

帰り道、こそこそ陰口を叩かれているのが聞こえてきた。

「中傷する方が無知なの。当家の後継者ランベルトがサラマンダーを召喚しているのは多くの者が知っていることよ」

（サラマンダー……そういえばレオがイフリートと同じくらい強い精霊って言っていたわ。お兄様はすごいのね）

いくばくかほっとして、ようやく落ち着くことができた。

後継者の兄がそれほど優秀なら、ベアトリスがだめでもなんとかなりそうだ。

その後、家族と一緒にデザートをいただき、小鳥精霊を肩にのせたまま私室に引き上げた。

気がきくサフィがたっぷりお湯の入ったお風呂を用意してくれていて、ベアトリスはゆっくりと疲れを癒したのだった。

第二章　落ちこぼれた公爵令嬢

召喚式を境に、学院内でのベアトリスの立場は急降下した。

筆頭公爵家令嬢という身分のおかげで直接的ないじめはないものの、それまで取り巻きだった貴族令嬢が近づかなくなり、それ以外の生徒からも距離を置かれ話し相手がいない状況だ。

成績もひどいものだ。以前は努力しなくても持って生まれた高い魔力で好成績を取れていたが、今は実技に関してほとんどの課題をこなせていない。いったいなにが起きたのかと教師たちの噂になっているようだ。

さすがに居たたまれなくて気分が沈む。けれどベアトリスには希望があった。

あと五日ほどで学院は長期休暇に入るのだ。

休みになれば冷たい視線にさらされて神経を削らずに済む。なによりうれしいのは自由時間が増えること。いろいろやりたいことがあるから楽しみだ。

昼休み。ベアトリスは学院の裏庭で持参した弁当を広げていた。

庶民の味が恋しいあまり、公爵家の豪華な朝食のあまり材料を使い自作したものだ。初めは厨房の隅で料理をするベアトリスの姿に、公爵家の家族と使用人たちは衝撃を受けていた。

とくに母が『トリスちゃんがおかしくなったわ』と戸惑っていたが、楽しそうに料理をするベアトリスを見て自由にさせようと決めたようだ。

最近では料理長が弁当用に使いやすい食材をキープするなど、協力体制が敷かれている。一般的な貴族令嬢は料理をしないものなのに、公爵家の人々は理解があり助かっている。恵まれた環境に感謝でいっぱいだ。

ほとんどの生徒は食堂を利用するので、この裏庭にはひとけがない。

今のベアトリスが学院内でほっとできる貴重な場所だ。

「ぴぃぴぃ」

最近、弁当を広げると小鳥精霊のピピが自分も食べたいとでも言うように、羽をパタパタさせながら鳴く。ちなみにピピという名前は、鳴き声からベアトリスがつけた。

守護精霊は普段は異界におり召喚主が呼び出さない限り姿を見せないものだが、ピピはなぜか異界に戻らず常にベアトリスのそばにいる。制服の内ポケットがピピの指定席になっているが、ときどきベアトリスの周りをパタパタ飛んでいたり、夜は一緒のベッドで眠ったり。機嫌がいいと綺麗な声でさえずってくれる。

制御できていないからだと教師には注意をされるけれど、かわいいピピがそばにいるから寂しさが紛れるし、心が癒されている。

「ピピもおなかが空いたのね」

精霊は人のように食べ物を必要としないそうだが、ピピはデザートまで食べたがる。かなり規格外の精霊みたいだ。

小さなお皿に細かくちぎったサンドイッチと、野菜をのせてあげる。するとピピはうれしそうについばみ始めた。

「おいしい？」

「きゅ！」

（ああ！　なんてかわいいの。小鳥ってこんなにかわいくて人懐っこかったのね。それとも精霊だからなのかな）

ほのぼのした気持ちでピピを眺めながら、自分もサンドイッチを頬張ったとき。

「クロイツァー公爵令嬢」

突然背後から声をかけられた。

お昼時、この裏庭に誰かが来たことはなかったため、油断していたベアトリスは飛び上がり、食べかけていたサンドイッチを喉に詰まらせてしまった。

「うっ！　ごほっごほっ！」

「ぴぴぴ？」

　ベアトリスが派手に咳き込むと、ピピが驚いたように鳴いた。

「み、水を……」

（す、水筒！　どこに置いたんだっけ？）

　必死に探していると、すっと目の前に水が汲まれたカップを差し出された。

　助かったとばかりにベアトリスはそれを受け取り、遠慮なくごくごく飲む。

　しばらくすると呼吸は落ち着き、ほっと息を吐いた。

「すみません、お騒がせしてしまい……」

　いきなり豪快に咳き込まれて驚いただろう。恥ずかしいところを見せたと照れ笑いをしつつ相手の顔をよく見たベアトリスは、再び驚きで引っくり返りそうになった。

　目の前にいたのはユリアン王太子だったのだ。

（な、なんでユリアン王太子がこんなところに？　お昼は側近と王族用の特別室で過ごしているんじゃないの？）

　以前のベアトリスは、婚約者だからと当然のように押しかけて無理やり同席していた。ユリアンにも側近にも相当嫌がられていたにもかかわらず、おかまいなしに。

ベアトリスが押しかけなくなったから、ユリアンたちほっとしているはずなのに。

（まさかここに来るなんて予想していなかったよ……）

「ご、ごきげんよう王太子殿下」

醜態をさらしたあとでごきげんようなどと言うのはどうかと思ったけれど、ほかに適当な言葉が浮かばない。

「あの、なにか御用でしょうか？」

いきなり本題を切り出してしまった。愛想のなさが気に障ったのか、ユリアンがわずかに眉をひそめた。

「……ここでなにをしているんだ？」

「え？　昼食をいただいているのですが」

見てわからないのかとベアトリスは首をかしげる。

「それはわかっている。なぜここで食べているんだ」

「ええと、落ち着いて過ごせるからですが」

「……それはなんだ？」

ユリアンは怪訝そうな目つきで、ベンチの上の弁当箱を凝視していた。

「卵とチーズのサンドイッチと温野菜のベリーソースかけです」

「……公爵家のシェフはずいぶんと質素な弁当を作るのだな」

「いえ、これは私が作ったんです。シェフならもっとちゃんとしたものを作りますよ」

公爵家の優秀なシェフの名誉に関わると思いしっかり訂正をした。するとユリアンは、信じられないとばかりに大きく目を見開く。

「クロイツァー公爵令嬢が料理？」

「あの、たいしたものは作れませんけど、自分が食べる分だけです」

「なぜ自分で作ろうと？」

「ええと……朝食の残りをお弁当にしたら無駄がないなと思いまして」

懐かしい庶民の味を求めた結果だが、それは秘密だ。

「無駄がない……」

ユリアンはなにか考え込むように黙ってしまった。ベアトリスもどうしたらいいのかわからず口をつぐむ。

（さっきから質問攻めだけど、ユリアン王太子はなにを考えてるのかな）

やけに難しい表情をしているから不機嫌なのだろう。

そういえば召喚式でも、ユリアンはベアトリスのやらかしにいちいち注意をしてきて、まるでお目つけ役のようだった。たぶん公爵令嬢のベアトリスに文句を言えるのが彼だけだから、ほかの生徒のために行動しているのだろう。

となると、今こうして現れたのは、知らないうちにまたなにかやらかしたのかもしれない。

(召喚式の後はおとなしくしていたはずなんだけどな)

ここ最近の自分の行動を振り返る。

家と学院の往復の日々で、思いあたることはないのだけれど……。

(あっ、もしかしてあれかな?)

しばらく考えてから、ベアトリスは先日耳にした噂を思い出した。

〝王太子殿下は、クロイツァー公爵令嬢との婚約を破棄するようだ〟

どうやらベアトリスが強い精霊を得られなかったため、未来の王妃として力不足だと言い出す者が出てきているらしい。ユリアンはもともとベアトリスを嫌っていたから、これ幸いと一気に婚約破棄に向けて動こうとしているとのことだ。

ベアトリスはその話を聞き、それもそうかと妙に納得して、うんうんとうなずいた。

(だって、今の私はどう考えても王妃の器じゃないものね。しかもユリアン王太子との関係は最悪だし)

ベアトリスに対する拒否感を隠さない彼との関係は、おそらく修復不可能だ。近いうち婚約破棄されるだろう。ベアトリスとしてもそれは大歓迎だ。

たしかにユリアンはかっこいいし、ベアトリス以外には親切で身分をひけらかしたりしない人格者。素晴らしい男性だとわかる。でも彼に対して恋心はない。怖いし恐れ多くて、そんな感情を持てないのだ。以前のベアトリスが持っていた強い執着心も、綺麗さっぱり消えている。

(それに王太子の婚約者だからって、やたらと注目される現状がつらい。私はひっそり暮らしたいのに)

ユリアンの婚約者という重責から解放されたら、やりたいことがいろいろある。

(ロゼだった頃からの夢を叶えたいな。海を見てみたいし、身分を隠して外国へ観光に行ってみたい!)

気取らずにワイワイ騒いで楽しみたいのだ。それらを叶えるには自由な立場になる必要がある。

(だから王家からの通達を楽しみに待っていたのだけど)

それが今なのだろうか。

いくら人気がない場所だからといって、学院でというのは驚きだ。

それとも品行方正な王太子として、公の場では言いづらい文句でも言う気なのか。

ベアトリスはかなり緊張してユリアンの発言を待つ。

「クロイツァー公爵令嬢」

「はい！」

改まった様子に、やはりそうだと確信する。

「召喚した精霊の様子は？」

「え？」

（あれ？　全然違う話題だわ）

「あの……仲よくしていますが」

ユリアンはなぜかベアトリスの発言に呆気に取られたようだった。

「……コスタ司教が言うには、令嬢の精霊はこれまで記録のないものだ。気になるところなどなにもないのか？」

ユリアンは、珍しい精霊のピピが相当気になっているようだ。

ベアトリスはすっと右手を胸の前に出した。

「ピピおいで」

するとユリアンを警戒していたのかベアトリスの背中に隠れていたピピが現れて、

フワリと羽ばたき手のひらにちょこんと着地した。

「きゅ！」

来たよとばかりに首をこてんとするピピの姿を見て、ユリアンは何度目かの驚愕をしたようだった。

「このように、精霊は元気に過ごしています。変わったところもありません」

「……変わったところがないって、本気か？」

ユリアンがなにかつぶやいたが、とても小さな声だったのでうまく聞き取れない。

(気になるけど、王太子に向かってもう一度言ってって言うのは失礼だよね)

しばらくするとユリアンは気を取り直すように咳払いをした。

「まあいい。ではクロイツァー公爵令嬢にはっきり聞こう。最近の態度の変化はどういうつもりだ？」

ユリアンの声が少し厳しいものに変わった気がした。彼もベアトリスの言動の変化に気づいていたのだ。

しかしベアトリスは慌てなかった。公爵家でも最近の言動を不審がられまくったため、うまい切り返し方は学習済みだ。

「これまでの振る舞いを反省したんです。今後は皆に迷惑をかけないように過ごそうと心がけています」

　自信を持って告げた。

「令嬢が反省？」

　しかし少しも信用されていないのがユリアンの表情でわかる。

（お母様たちは感激してくれたんだけど、ユリアン王太子には通じないみたい……。まあ過去のベアトリスの行動を鑑みたら、当然の反応なのかな）

　とはいえ、この理由で通すしかない。

「はい。心を入れ替えました。二度と皆様に迷惑をかけないと誓います。もちろん王太子殿下にも近づかないようにいたします」

　必死にもうなにも悪いことはしませんとアピールする。

「私に近づかない？　その言葉を信じろと？」

「はい。学院がありますので完全に消えることはできませんが、可能な限り姿を見せないように気をつけます。むやみに話しかけたりもいたしません」

　ユリアンは腕を組んでベアトリスを見下ろす。

「では婚約者としての務めはどうする気だ？」

「あ、それは、婚約破棄まではしっかり務めを果たします」

現状なにもしていないだろとツッコまれるかと思ったが、ユリアンが気にしたのは別のところだった。

「婚約破棄？」

彼は不満そうな、納得がいかなそうな様子に見えた。もしかしたらまだ言う気はなかったのに、ベアトリスが先回りして言ってしまったからだろうか。身分が下のベアトリスから言うのはまずかったのかもしれない。

（ユリアン王太子としても気分が悪いでしょうし……失敗してしまった）

「婚約破棄は考えていない。不用意な発言をするな」

不快感を隠さず言われて、ベアトリスは驚き瞬きをした。

（え、婚約破棄してくれないの⁉　私は自由に暮らしたいのに……それにどうして怒ってるんだろう）

彼の考えがわからない。

（筆頭公爵のお父様ともめたくないから？　でも私のひどいやらかしの数々を知っているみたいだし、婚約破棄になっても仕方ないって言いそうなのにな）

第三者からも、わがままなベアトリスの婚約者であるユリアンは同情的な目で見られている。

「婚約は王命だ。個人の感情で破棄できるものではない」

「そ、そうですね。申し訳ありません」

言われてみればその通りだ。いくら王太子でも国王の命令には逆らえない。

もともとベアトリスたちの婚約は、クロイツァー公爵家を味方に引き込みたい王家から強く望まれたもの。いくらベアトリスが性格に問題のある令嬢だとしても、王命を覆すのは難しそうだ。

すぐにでも婚約破棄してほしいというのが本音だけれど、余計なことはしない方がいい。ユリアンが動いてくれるのを待とうと考えた。

（あれ？　それならユリアン王太子はなんの用事があってここまで来たのかな）

首をかしげていると、彼は疲れたような顔をした。

「あと少しで長期休暇になる。昨年のような騒ぎは起こさないように」

「はい、お約束します」

優等生のような返事をすると、ユリアンはまだなにか言いたげにしながらも、踵を返して立ち去った。

（ああ……緊張した）

ユリアンからはまさに王族といった威圧感のようなものを感じるから、真正面から向き合う会話は精神を削られる。

ベアトリスは体の力を抜き息を吐いた。

昼休みも残りあと少し。

弁当箱を片づけながら、ユリアンの先ほどの発言について考える。

『昨年のような騒ぎは起こさないように』

釘を刺されたのだろうが、過去のベアトリスはいったいなにをしでかしたのか。

思い出そうとしたものの、これといった記憶がなかった。

しかしユリアンがあれだけ念を押すということは、実際に起きた出来事のはず。にもかかわらず覚えていないのは、ベアトリスにとっては深く考える必要のない些末なことだったからだろう。

どうやら覚えていない罪状が山のようにありそうだ。

（召喚に失敗していなくても婚約破棄はできたんじゃないかな？）

それほど遠くない時期に、ベアトリスとユリアンの婚約を破棄する王命が下るのは間違いない。

（早い方がうれしいんだけどな……あれ？　でもそうなったら私には婚約者がいなくなるのよね。貴族令嬢がひとり身ってどうなんだろう）

学院を卒業後、高位貴族の令嬢は婚約者と結婚する者がほとんどだ。下位貴族の令嬢の中には王宮魔導士や女官になる者もいる。

今からほかの誰かと婚約するといっても、王太子と婚約破棄したベアトリスと結婚したい人が現れる可能性は低そうだ。魔導士や女官になるにも成績が足りない。

だからといって、いつまでも公爵家に居座るのは申し訳なく、居たたまれない。

（夢を叶えるのとは別に、今後の身の振り方を考えなくてはならないようね）

またひとつ長期休暇でやることが増えた。

第三章　悪女の変化

「ずいぶん早く済んだようだね」

裏庭から王族用の特別室に戻ったユリアンを、側近であり幼なじみでもあるゲオルグが意外そうな顔で迎えた。

「ああ……」

ユリアンはうなずき、長椅子にどさりと腰を下ろす。

「それで、婚約破棄について話せたのか？」

向かいの椅子に座っていたツェザールが身を乗り出してきた。彼もユリアンの幼なじみのひとり。ダールベルクの王太子として常に気を張っているユリアンにとって、貴重な気の置けない友人たちだ。彼らもそれをわかっていて、ユリアンを王太子だからといって特別に扱わない。もちろん公の場では礼儀を弁えてはいるが。

自分の返事を待っているふたりの幼なじみに、ユリアンは「話していない」と気まずさを覚えながら答える。

冷静な性格のゲオルグはわずかに眉をしかめただけだが、直情的なツェザールは、ガタンと椅子から腰を浮かした。

「どうして⁉　ずっと婚約破棄するチャンスを待ってたんだろ？　今を逃したら次はないかもしれないんだぞ？」

ユリアンは浮かない顔でため息をついた。ツェザールの言う通りだとわかっているからだ。

目を閉じると、華やかなローズピンクの髪とルビー色の瞳の美しい女性の姿が浮かんでくる。

ベアトリス・ローゼ・クロイツァー。ユリアンの悩みの種。

十年前に婚約した彼女は、最高の家柄と華麗な美貌、そして高い魔法の素養を持つ一見非の打ちどころがない令嬢だ。

婚約のための初顔合わせのとき、ユリアンは幼いながらも周囲を圧倒する美しさを持つ彼女にひと目惚れをした。

女神のように美しい彼女が自分の婚約者になる喜びに舞い上がり、自身の幸運に感謝した。

しかしすぐにそれは間違いだったと気がついた。

ベアトリスは驚くくらい中身に問題がある令嬢だったのだ。

貪欲で傲慢。そして怠惰。

常になにかを欲しているが、手に入れるための努力をしようとしない。

少しでも不満があるとすぐに癇癪を起こして暴れて、平気で周囲に迷惑をかける。

婚約者は自分のものだと思っているのか、ユリアンが思い通りの反応をしないと激高する。嫉妬深く、ユリアンがただ会話をしただけの女性に対して攻撃をする苛烈な性格。

初対面で抱いた好感など瞬く間に消え去り、ユリアンはベアトリスに対して嫌悪感しか持てなくなっていた。すぐにでも婚約破棄を言い渡したいほどに。

しかしそう簡単に事は運ばない。ユリアンが王位につくためには、不本意ながらベアトリスとの婚約が必要だからだ。

その理由はユリアンの生まれにある。ユリアンの母である王妃は、隣国サラエナ国の王女だった人だ。

友好目的でダールベルク王国に嫁いできたが、数年前にサラエナ国が突如同盟の破棄を突きつけてきて、一時は開戦かともささやかれていた。

結局国境での小競り合いで終わったが関係改善とまではいかず、ダールベルク王国国民のサラエナ国への感情はよくない。

ユリアンはダールベルク王国の王太子だが、サラエナ国王の孫でもある。それゆえに、王位継承に不満を持つ者が一定数存在する。

加えてユリアンの母は魔力を持っていなかった。そのため、ユリアンが高位の精霊を召喚するのは無理ではないかという者も多かった。

そのようなユリアンのマイナス面を補うのが、ベアトリスとの婚約だった。

建国王の妹姫を始祖とするクロイツァー公爵家は、ダールベルク王国で最も由緒正しい貴族の家。しかもベアトリスの祖母は先代の国王の姉だった人だ。血筋家柄、すべてが完璧で、保守的な貴族が納得する縁談。

ユリアンがいくら嫌だと思っても、ベアトリスと婚約破棄をしようとすればほかの高位貴族は確実に反対するし、父である国王も許可しないだろう。

政略結婚だからこそ、相手が気に入らないなんて理由は通用しない。

婚約を破棄するには、ユリアンの能力が欠点を補ってあまりあるほどのものだと認めさせるか、またはベアトリスは未来の王妃としての資質が著しく欠けていると周知させること。

ユリアンは召喚式にかけて、自身の力を磨きながらじっと機会をうかがっていた。

そして先日の召喚式で、最高位の精霊である氷狼フェンリルを呼び出した。

フェンリルは建国王を守護していた精霊として知られている。同じ精霊を得たユリアンの評価は一気に上がった。同時に、召喚に失敗したベアトリスの評判は著しく低下した。

望んでいた通りの状況になったのだ。

すぐにでも婚約破棄を申し出ようと思った。ただユリアンは、ベアトリスを必要以上に貶《おとし》めたいわけじゃない。彼女の罪には罰が必要だが、それは法に則って行うべきだからだ。

婚約破棄についてはひとけのないところで本人に伝えて、学院が休みになると同時に正式な手続きを踏もうと考えた。

ところが、召喚式の次の日から、それまでさんざんユリアンに付きまとっていたベアトリスがこつぜんと姿を見せなくなった。

ユリアンの視界に入るのは授業中のみで、休み時間はいつの間にかどこかに消えている。

初日は、召喚に失敗したことでへそを曲げているだけでそのうち寄ってくるだろうと軽く考えた。それが続くと、なにか企んでいるのではと不審感を抱くようになった。

十日経っても寄ってくるどころか、むしろユリアンとの接触を避けている。

ユリアン以外に対しても関わりを持たなくなり、わがまま放題の態度もすっかり鳴りを潜めている。

他人に迷惑をかけなくなっただけでも、彼女の変化は好転と言えるだろう。しかしそんなベアトリスの態度に、ユリアンはなぜかいら立っていた。

今日ユリアンは、昼休みになった途端に教室を飛び出したベアトリスの後を追った。そこで驚く光景を目にする。

ひとけのない裏庭のベンチに座ったベアトリスが、ひとりで食事をし始めたのだ。

あぜんとしていると、さらに驚くことが起きた。

ベアトリスが召喚した鳥形の精霊が現れて、一緒に食べ始めた。

精霊が食事をしていることも、その様子を見てベアトリスが笑っている状況も、なにもかもが信じがたかった。

(彼女があんな表情をするなんて)

精霊に食事を与えるベアトリスの表情はとても楽しそうだし、慈愛に満ちたものだった。明るい日差しの下にいるからか、彼女の周りがキラキラ輝いて見えた。

白い肌が引き立つ艶やかな髪、優しさをたたえるルビー色の瞳。鈴を転がすような愛らしい声。

(これは……誰だ？)

彼女はあんなふうに笑ったりしない。口角を上げて皮肉に微笑んでいるところくらいしか見た覚えがない。

気がつけば足早に近づいていた。

彼女はひどく驚き、落ち着きなく視線をさまよわせている。

不安そうなその様子は、ユリアンの知っているベアトリスではなかった。

『……ここでなにをしているんだ？』

『え？　昼食をいただいているのですが』

『それはわかっている。なぜここで食べているんだ』

『ええと、落ち着いて過ごせるからですが』

短い会話を交わすとますます違和感が膨らんだ。

(彼女はこんな話し方をしなかった)

それに落ち着きなど求める性格ではない。常に取り巻きを従えていないと気が済まなかったというのに。彼女が野外でひとり、しかも食事の準備を自分でしたなど、考えられない。

さらに彼女は、精霊と仲よくしていると言いだした。

（精霊を従えた、とは言わないんだな）

目の前の女性が、本当に長年ユリアンを悩ませたベアトリスなのだろうか。

姿形《すがたかたち》は変わらない。それなのにまるで中身が変わってしまったようだった。

雰囲気まで変化していて、今のベアトリスは庇護欲を刺激する。

（どうしてなんだ？）

突然の変化が納得できずに問いつめる。

すると彼女は、少し緊張した様子でこちらを見た。

悪意のない澄んだ瞳と視線が重なり、ユリアンの鼓動が跳ねる。

『はい。心を入れ替えました。二度と皆様に迷惑をかけないと誓います。もちろん王太子殿下にも近づかないようにいたします』

『婚約破棄まではしっかり務めを果たします』

彼女の言葉は衝撃的だった。まさかと思った。いったいなにが起きているんだ？

ベアトリスに婚約破棄を告げたら、彼女は激しく動揺し抵抗するだろうと思っていたのに、実際動揺したのはユリアンの方だった。

当初の用件を伝えることはできないどころか、話の流れで『婚約破棄は考えていない』と宣言して、ベアトリスの前から立ち去ったのだ――。

「ユリアン。クロイツァー公爵令嬢と婚約破棄するにはこのタイミングを逃せないとわかっているだろ？」

ゲオルグが読みかけていた本を閉じて言う。

「そうだぞ。ぼやぼやしていたらクロイツァー公爵が出てきて、下手したら結婚を早められるぞ」

ツェザールが憤慨する。ユリアンはため息をついた。

「わかってる。だが、もう少し様子を見たい」

「だからなんで」

「彼女の様子がおかしい」

じれったそうにするツェザールにそう答えると、ゲオルグが目を伏せた。

「ああ……それは俺も感じていたよ。たしかに最近の彼女は今までと違った言動をしている」

「違うってどんなだよ」

ツェザールは怪訝な顔でユリアンとゲオルグを交互に見る。

「殊勝な態度、とでも言うのかな。すっかりおとなしく品行方正になった。ユリアンにも近づいてこなくなったね」

「それは……そういえば最近顔を見てないが、殊勝ってのはゲオルグの勘違いだろ。あの女ほど殊勝って言葉が似合わない人間はいないからな。どうせ演技でまたなにか企んでいるに決まってる」

ユリアンは「そうだな」と相づちを打った。断言するツェザールの気持ちは理解できる。

「だが、それは以前の彼女だったらの話だ。今のクロイツァー公爵令嬢はよからぬことを企むようにはどうしても思えない」

「なに言ってるんだ？　去年の事件を忘れたのかよ！」

ベアトリスへの嫌悪感がひと際強いツェザールは、うんざりしたように吐き捨てる。

彼が激高するのも無理はない。それほどの問題を、ベアトリスは一年前に起こしている——。


一年前。冬季の長期休暇に入り、ユリアンはゲオルグとツェザールとともに、王都のはずれにある離宮を訪れた。

氷の宮と呼ばれる庭園に美しい泉が湧くそこは、とくに冬景色が見事で歴代の王妃が時折ティーパーティーを開くなど、社交の場としても利用されている。

『ユリアン殿下、このような素晴らしい離宮に滞在させてくださりありがとうございます』

雪景色の庭を歩きながら微笑むのは、ミリアム・キルステン。ツェザールの四歳年下の妹で、兄と同じ赤髪の溌剌とした印象の令嬢だ。

以前から氷の宮について強い関心を持っていたようで、ツェザールが一日だけという約束で連れてきた。

『ゆっくりしていくといい。ただ、今の時季は庭園に危険があるから、ひとりで行かないように』

『はい。お兄様に案内してもらいます』

ミリアムは明るい笑顔でそう言うと、ツェザールの腕を引っ張り庭園に向かった。

ツェザールは『引っ張るな』とブツブツ言いながらもまんざらでもない様子。彼が妹を大切にしているのは有名で、異母兄弟とあまり仲がよくないユリアンとしては少しうらやましく感じる関係だ。

夕方まで戻ってこないだろうと、ゲオルグとふたりで離宮の執務室に向かう。

学院が休みでも王太子としての仕事は休みにならない。ある程度、書類の処理を済ませる必要がある。

部屋にこもって仕事に集中していると、突然甲高い悲鳴が聞こえて、ユリアンはペンを置いて窓の向こうを睨んだ。

『なにがあったんだ？』

ミリアムは離宮の外には出ていないはずだし、ツェザールがついているから彼女が危険な目に遭う心配はほとんどない。そうなると侍女かメイドか。

どちらにしても確認しようと、ユリアンは椅子から立ち上がった。

同じように様子をうかがっていたゲオルグと、階段を下りて玄関ホールに向かう。

そのとき、血相を変えたツェザールが駆け込んできた。腕にはぐったりとしたミリアムをかかえている。

『なにがあった？』

ユリアンが顔色を変えて問うと、ツェザールは怒りで目をつり上げて吐き捨てる。

『ベアトリス・クロイツァーのせいで泉に落ちたんだ！』

ユリアンは目を見開く。いったいなぜベアトリスがここにいるのだろうか。

状況が理解できないが、今はミリアムの手あてが先だ。ゲオルグが医師の手配などを侍女に指示した。

すぐに駆けつけた医師の診察を受けてミリアムが眠りについてから、ようやく事情を聞くことができた。

ツェザールが言うには、ミリアムが興味津々で庭を散策していたとき、突然激高したベアトリスが現れてミリアムに暴言を吐いたそうだ。

ミリアムも気が強い方なので、果敢に言い返したところさらに怒らせたようで、ベアトリスが炎の魔法を放ってきた。常識的に、令嬢同士の言い争いで魔法攻撃なんて仕掛けない。驚愕したミリアムは大慌てで逃げて、薄氷が張っていた泉の上を通り落ちてしまった。

『いったいなぜそんなことに？　ミリアム嬢が攻撃されたときお前はどうしていたんだ？』

ゲオルグが怪訝な面持ちで問う。ツェザールは口惜しそうに拳を握りしめた。

『ミリアムにぴったりついてくるなと言われて、少し距離を置いていたんだ。あの女が現れてすぐに駆けつけたが、炎に邪魔されて間に合わなかった』

クロイツァー公爵家の炎の力は強大だ。遠慮なく放たれたそれはツェザールの進みすら妨げたのだろう。

『学院を卒業するまでは、許可なく攻撃魔法を使ってはならない。クロイツァー公爵令嬢はそんな規則すら守れないのですか』

を閉じた。

ゲオルグが心底あきれたようにつぶやく。ユリアンは怒りの衝動を抑えるために目を閉じた。

おそらくベアトリスは、ミリアムがユリアンに招待されて離宮に滞在していると誤解したのだろう。彼女は婚約者であるユリアンにほかの令嬢が近づくのを許さない。

これまでにも、ただ会話をしていただけの令嬢に難癖をつけていた。

（だがこれはやりすぎだ）

『ひどい状況だが、今回はクロイツァー公爵家に正式に抗議できる。学生でありながら勝手に魔法攻撃を行い、伯爵令嬢に危害を与えたんだ』

ゲオルグがユリアンとツェザールを見回す。ユリアンはすぐにうなずいた。しかし真っ先に同意するはずのツェザールが、顔色を悪くして目を伏せた。

『ツェザール？』

『……俺も魔法を使った』

後悔が滲む告白にユリアンは息をのんだ。

『詳しく説明しろ』

『頭に血が上ってあの女に風の刃を放った』

『……クロイツァー公爵令嬢はどうしたんだ？』

ゲオルグが慎重に問いかける。ツェザールがわずかな間のあと口を開いた。

『けがをして、追いかけてきた彼女の従者が連れて帰った』

『それは……まずいな』

ゲオルグの表情が曇る。それからユリアンにうかがうような視線を向けた。

ユリアンは重い気持ちを吐き出すように息を吐いた。

『クロイツァー公爵令嬢を罪に問えない。こちらが訴えを起こせば、向こうも同様にツェザールを訴える』

そうなれば分が悪いのはツェザールだ。許可なく魔法を使い人を傷つけたという同じ罪でも、筆頭公爵家令嬢で王太子の婚約者でもあるベアトリスを害した罪の方が格段に重くなる。

『クロイツァー公爵夫人は隣国の王族でもあるから、下手したら外交上の問題になる』

ゲオルグが力なくつぶやく。ツェザールは無念そうにしながらも、状況を理解していた。

『わかってる。争っても俺に勝ち目はないし、あの女が反省することもない』

重苦しい空気が漂う中、ゲオルグがユリアンを見つめる。

『こちらが退いても、クロイツァー公爵家が黙っていないかもしれない。彼女のけががどの程度かわからないが、ただでは済まない』

『俺が交渉してクロイツァー公爵家にも退くように仕向ける』

ユリアンは必ず大切な友人たちを守ると決心しながら、ベアトリスへの怒りを必死に抑えた。

その後、ベアトリスの兄であるクロイツァー公爵家嫡男ランベルトに仲裁を頼み、なんとか話をまとめられた。

ランベルトは妹を大切にしているためツェザールに対し怒りを見せたが、そうなった原因がベアトリスにあるのは理解していた。クロイツァー公爵家としてミリアムに正式に謝罪をし、今回に限りという条件つきでツェザールを許しユリアンの顔を立ててくれた。

表向きでは何事もなく終わった事件。しかしあの出来事をツェザールは忘れず、今もベアトリスを憎んでいる。

もちろんユリアンも忘れていない。絶対にベアトリスを王妃にしてはいけないと心に戒めた日なのだから。

ベアトリスはその後も自分の罪を自覚せず、好き勝手に振る舞っていた。

ほかの生徒に迷惑がかかりそうなときはユリアンが割り込んで止めたが、彼女は何度注意されても気に留めない。ミリアムへの仕打ちは都合よく忘れているようだった。

そんな自分を中心に世の中が動いていると勘違いしているベアトリスが、先ほど突然反省したと言いだしたから、警戒せずにはいられない。

ただ、反省したと言ったベアトリスが演技をしているようにはどうしても見えなかった。

(あれは本心だった。だがなぜ突然？)

「変化があったのは召喚式あたりからだね」

ゲオルグの言葉に、ユリアンはうなずいた。

「どこがだよ」

「ツェザール、冷静に思い出してみろ。召喚式で失敗したクロイツァー公爵令嬢はどんな態度だった？」

「どんなって……ぼうっと突っ立ってたんじゃないか？」

「それがおかしいと思わないか？　いつもの彼女なら、激怒してコスタ司教を責めてやり直しを要求くらいしていたはずだ」

「……言われて見ればそうだな」

ユリアンはふたりの会話を聞きながら、召喚式でのベアトリスの様子を思い出していた。

赤い光の渦から現れた小さな鳥形の精霊を見て、あぜんとしたように口を開いていた。心から驚き、周りは目に入っていない様子に見えた。

高位精霊を召喚できなかったためショックを受けていたのだろうが、その後舞台から退くように言われたときも、ユリアンがフェンリルを召喚したときも静かにしていて、あたり散らすような様子はいっさいなかった。

そして今は、正体のわからない精霊を大切にしている。見たこともないような優しい顔で。

「彼女に変化があったのは間違いない。それがなにかを知りたい」

反省したとしても、今までの悪行は簡単には消えない。それでも彼女が自分を見つめ直し変わってくれたなら……。心のどこかでユリアンはそう願っていた。

◇◇

国立魔法学院は冬季の長期休暇に突入した。

休暇が終わった後は卒業に向けて、実践的な魔法を学ぶ。これまでよりも座学が減り、校外活動が増えていく。中には過酷な環境での討伐《とうばつ》訓練もあるそうだから、成績がどん底のベアトリスにとって厳しい授業になりそうだ。

けれど、長期休暇はその前にひと息つける貴重な時間。

学生たちはそれぞれ自由な時間を楽しむ。久々に領地に戻り家族と過ごす者もいれば、婚約者と親交を深める者も。卒業後に進む道についてゆっくり考えたり、婚約者を探したりと、休暇といっても皆積極的に行動する。

ベアトリスは休暇一日目を、前世の記憶について覚えている内容をまとめる作業に費やした。そうすることで頭の中をすっきり整理できると思ったからだ。

紙を用意して、まずは思い出せる出来事などを羅列していく。その過程で、前世のベアトリスが生きていた時代は約二十年前だと発覚した。

前世の記憶はロゼが若い頃のものしかない。なんらかの理由で早く亡くなり、その後そう時を置かずに生まれ変わったと考えられる。

しかも暮らしていた場所は今と同じ王都。働いていた場所は……などと一つひとつ思い出していったのがよかったのか、頭の中に次々と情報があふれだす。

おかげで職場だった宿屋の名称まで思い出せた。

そうなると、今はどうなっているのだろうと気になって仕方がない。

ベアトリスは翌日、侍女のサフィに町に行きたいとせがみ、護衛にレオを連れて屋敷を出た。

ロゼ・マイネ時代の職場だった『青空亭《あおぞらてい》』は記憶の中では町一番の大きな宿屋だったが、実際行ってみるとたいしたことのないごく普通の建物だった。

裕福な平民の利用客が多いようで、内装は小綺麗だし警備がいるなど安全面に配慮はされているが、公爵令嬢であるベアトリスが立ち入る場所ではないとサフィに大反対された。

ロゼとして働いていたときはあまりに高額で手が届かなかった、青空亭特製ステーキを食べてみたかったのに残念だ。

宿屋の次はロゼが生まれ育った孤児院に向かった。『王都第三孤児院』という味気ない名称の孤児院は、記憶の中と少しも変わらずにそこにあった。

蔦が絡まった灰色の外壁、煙を上げる煙突。きいきいと軋んだ音を立てそうな古めかしい玄関扉。町の様子は二十年の間にずいぶん変わったのに、この孤児院だけはまるで時が止まっているようだった。

胸の中にじわりと懐かしさが広がり、ベアトリスはサフィとレオが止めるのも聞かず孤児院の敷地に足を踏み入れた。

遊具などはなにもない殺風景な庭も変わらない。ただロゼがいた頃はいつも子どもが元気に走り回っていたのに、今は人影がなくてしんとしている。

子どもたちはどこにいるのだろう。

ロゼと一緒に育った仲間や面倒を見ていた小さな子どもたちは、もう一人前になってここを出ていったはずだからいないのはわかっているが、孤児院には新しい子どもが頻繁に入ってくるはずなのに。

キョロキョロしていると玄関扉が開き、四十代くらいの男性が慌てた様子でこちらに駆け寄ってきた。知らない顔だ。

護衛のレオがベアトリスの前に立つ。

男性はレオを警戒してか少し距離を置いて立ち止まり、頭を下げた。

「私は王都第三孤児院院長のブランシュと申します。当院になにかご用でしょうか」

ベアトリスの服装や供を連れているところなどから、貴族と判断しているのだろう。

彼は非常に恐縮した様子だ。

「ベアトリス・ローゼ・クロイツァーと申します。見学させてもらいたいと思い参りました」

「えっ！」

ブランシュ院長は、目が飛び出てしまうのではないかと心配になるほどの驚きを見せた。

「い、いったいなぜクロイツァー公爵令嬢様が……」

動揺のあまり、ついといった様子でつぶやいたブランシュ院長は、直後はっとしたように腰を折った。

「無礼な発言申し訳ありません」

「いえ、気にしないでくださいね」

社会勉強を兼ねて市井の様子を見て回る貴族はわりと多い中、孤児院へと見学に来ただけでここまで驚かれるとは。ベアトリスが悪女であるという噂はここまで広がっているということだろうか。だとしたら彼が慌てているのもうなずける。

サフィとレオも同じ感想のようで、ブランシュ院長に文句を言う様子はない。

「け、見学でございますね。私がご案内させていただいてよろしいでしょうか」

「はい、お願いします」

ブランシュ院長の後について、玄関扉をくぐる。サフィとレオは無言でついてきているが、きっとなぜベアトリスが孤児院に関心を持ったのか不思議に思っている。後で追及されそうだ。

「こちらが子どもたちが食事をとる食堂です」

ブランシュ院長が開いた扉の先には、子どもなら十人以上は座れそうな長い机が四脚。その周りに、背もたれのない丸い椅子が並んでいる。

机も椅子もかなり古い。

（私がいた頃と同じものだわ）

とても懐かしいがロゼがいたのは二十年以上前なので、もうガタが来ているはずだ。

部屋の様子をよく見ると壁は一部崩れているし、床にはところどころに染みがある。おそらく雨漏りの跡だろう。

今日は朝から気温が低く、この食堂もかなり寒いのに暖炉を使った様子もない。劣悪と言えるほどの場所になってしまっている。

（これじゃあ子どもたちが食事を楽しめないんじゃないかな）

ベアトリスがお世話になっていた頃も経営は厳しい様子だったけれど、院内はもっと明るい雰囲気だったのに。

「屋根と壁は修理したんですか？」

「は、はい。簡易的なものですが」

「簡易的？　ちゃんと直した方がいいのでは？　机と椅子もそろそろ交換した方がいいように見えますけど」

そう言うと、ブランシュ院長は困ったように眉を下げた。

「改善の必要性は感じていますが、予算も限られており難しい状況です」

「こちらを支援している貴族に話してみてはどうですか？」

孤児院の運営資金は国から支給されるとはいえ、それですべては賄えない。そのため様々な方法で収入を得ているが、一番大きな収入源が貴族からの支援金だ。

この王都第三孤児院は、宮廷貴族であるアボット子爵の支援を受けている。前世でロゼだった頃は、半年に一度くらいアボット子爵夫人が、滅多に食べられないお菓子を持って訪れる日を楽しみにしていた。

「それが二年前に子爵家の代替わりがあり、新当主様から支援を打ちきられてしまったのです。その後新たな支援者を見つけられておりません」

「え？　では今はどうやって運営を？」

「畑で育てた野菜を売ったり、仕立て屋から仕事をもらったりでなんとかしのいでおります」

ベアトリスは驚き動揺した。前世とはいえ、生まれ育った孤児院が窮地に陥っていたなんて。

「あの、どうして支援者が見つからないのですか？」

支援している貴族が経済的な事情などで手を引いたとしても、子どもたちが困らないように後を引き継ぐ貴族を紹介する。それもないなら教会の上部組織といえるフィークス教団でなんとかするはずだ。

「貴族家も教団も新たな支援を施す余裕がないようなのです。ここ数年続く不作が原因かと思います」

「そうなんですか……」

（そういえば天候不順が原因で領地でも作物がうまく育たないと、お兄様が言っていたっけ）

クロイツァー公爵家ほどの大貴族はそれで深刻なダメージを受けることはないけれど、小さな領地しか持たない下位貴族や、寄付が収入の多くを占める教団は余裕があまりないのだろう。

眉間にシワを寄せて考え込んでいると、外から子どもたちの声が聞こえてきた。

窓の外を見ると、庭には子どもたちが十人ほどいる。箒《ほうき》を持っている子がいるから、掃除の時間のようだ。子どもたちが身につけているのも、大きさが合っていないなど孤児院の困窮を表していて、ベアトリスは鬱々とした気持ちになった。

ここはロゼにとって、人生の大部分を過ごした大切な故郷で我が家だ。生まれ変わった今でもその気持ちは変わっていない。

（あんなに困っているところを見て、放っておけるわけがないわ。以前のような子どもたちが楽しく過ごせる場所にしたい）

その後、孤児院を辞したベアトリスは、公爵家に帰るとすぐに孤児院に支援をしたいと両親に願い出た。

両親はひどく驚きながらも、ベアトリスが慈善の心を持ったと喜び、『トリスちゃんがこんなに立派な考えを持つなんて……あなた、任せてみましょう？』と母の後押しもあり支援するのを許してくれた。

ただし、軽い気持ちではなく自らしっかり関わるのが条件だ。そんな条件を出されなくても当然通うつもりでいたベアトリスは、大喜びで約束をした。


それから一週間。

婚約者とは不仲で友人もいないベアトリスには、時間だけはたっぷりある。

そのため毎日孤児院に通い、環境改善に努めていた。

何度も顔を合わせるうちに、初めは警戒していた子どもたちもだんだんと慣れてくれた様子だった。

「お姫様たちが来たー」

ベアトリスたちをうれしそうに歓迎してくれる。純粋で無垢な子どもたちは本当にかわいい。

「ぴい！」

ベアトリスのドレスの合わせに隠れていたピピが、子どもたちの前に飛び出した。

「あっ、ピピだ！」

すると子どもたちは大喜び。小鳥精霊のピピは大人気だ。

子どもたちに懐かれて、ピピも喜んでいるのかもしれない。ベアトリスの肩にとまると、機嫌がよさそうに美しい旋律のさえずりを奏で始める。

小鳥精霊の能力なのか、ピピのさえずりは穏やかですがすがしい気持ちにしてくれる。それは子どもたちも同じようで、皆うっとりと幸せそうに歌声に耳を傾けていた。

ベアトリスはその様子を微笑ましく眺め、しばらくしてピピが歌い終わると輪に加わった。

「今日はクッキーを持ってきたから、おやつのときにいただきましょうね」

「わー楽しみ！」

四歳になったばかりのアンは、興奮してぴょんぴょんその場で飛び跳ねる。その気持ちはよくわかる。前世ではロゼも同じ気持ちになって喜んだから。

「紙と鉛筆をたくさん持ってきたの。字を書く練習がしたい子はいるかな？」

支援はお金をあげるだけでなく、子どもたちが無事独り立ちできるように、教育環境を整える必要がある。まだたいしたことはできていないが、いずれは教師を探してつけてあげたいと思っている。

「鉛筆？　やった！」

まだ五歳なのに勉強大好きのマークが張りきった声をあげる。

王都第三孤児院には二十人の子どもがいて、最近少しずつそれぞれの個性がわかってきた。

「俺は剣をやりたい。レオ教えて！」

六歳のジャックは運動が大好きで、ベアトリスについてくる護衛騎士レオを剣の先生にしたようだ。

柔軟な性格のレオは子どもの先生に向いていて、楽しそうに剣の教室を開いている。

学習の時間は、字や絵の練習をするグループとレオに剣を習うグループ、残りはサフィに手芸を教わっている子たち。

そんなふうにベアトリスは、魔法学院での苦痛が嘘のように楽しく充実した時間を送っていた。

将来の道も漠然とながら見えてきた。

ユリアンに婚約破棄を宣言されたら、この孤児院の支援をするのに加えて領地に行き保護者がいない子どもたちの世話をしたい。

ロゼ・マイネは孤児だったけれど、優しい院長先生やシスターのおかげで安心して日々を送っていた。今度はベアトリスが子どもたちを幸せにしたいと思ったのだ。

幸い家族は、召喚式で失敗したベアトリスが立ち直り、やりたいことを見つけたと喜んでくれている。

(がんばってみよう。私は孤児院の子どもの気持ちがわかるし、きっとうまくいくわ)

前世の記憶を思い出したとき、自分には公爵令嬢なんて無理だと思った。

でもこうして子どもたちを支援できるのは、公爵令嬢という立場があるから。

そう思うとよかったのだと思えた。

第四章　聖女

　ダールベルク王国王宮、国王の執務室。

　険しい顔をした国王は、報告書に目を通すと顔をしかめた。

「聖女についてなんの進展もないと？」

「はい。手を尽くしていますが、いまだ手がかりすら見つかりません」

　機嫌が悪化した国王に家臣たちが萎縮するのを横目に、ユリアンは成果のない報告を続ける。

「真の聖女が行方不明になったのは二十年前で、当時の関係者はほとんどが所在不明となっています。さらにフィークス教団が非協力的なため、調査が難航しています」

「教団はなぜ協力しないのだ？　聖女不在で困るのは彼らも同じだろう」

「そうですね。むしろ彼らの方が困るくらいだ」

　ユリアンはそう言うと、隣に並ぶ緑の髪の男性を見遣った。

　フィークス教団大司教スラニナは、ユリアンの発言が不快だったのかわずかに顔をしかめている。

フィークス教団は、フィークスの神木という樹齢千年を超える大木に宿る女神を信仰している、ダールベルク王国のみならず他国にも強い影響力を持つ教団だ。

彼らの至宝フィークスの神木は、精霊が暮らす異界とこの世を結ぶ鍵と言われている。だから召喚式では神木の実を食べて、より異界とのつながりを深めるのが慣例となっている。

そのように非常に重要な存在である神木は、なにもせず放っておいたままでは枯れてしまう。神聖な力を持つ聖者――男性なら聖人、女性なら聖女と呼ばれる人間の特別な魔力が必要なのだ。だから神殿では、神木と同様に聖者を大切に保護する。

しかし今からひと月前。王家は、神木がほんの一部であるが枯れているという情報を入手した。

事態を重くみて、すぐにフィークス教団を率いるドラーク枢機卿に使いを出し、状況を確認するように求めた。

その結果、現在の聖者が偽者であると発覚したのだ。

現聖者は二十六歳の女性、聖女だ。地方の没落した貴族令嬢として生まれたが、洗礼で聖女の素質ありと判断されて神殿に引き取られた。その後、大切に保護されながら聖女としての務めを果たしていたはずだが、途中で偽者と入れ替わっていた。

おそらく二十年前に聖女が神殿を抜け出したときに、入れ替えが起きたのだろうとのことだ。

それほどの長期間聖女が不在でありながら、なぜ今までは問題が起きなかったのか。説明を求めたものの、納得できる返事はもらえていない。教団はなにかを隠しているようで協力的ではなく、王家をいら立たせていた。

「我々が非協力的だというのは誤解です。独自の調査を続けており、ようやく手がかりを掴みました」

スラニナ大司教が国王に告げる。国王は「ほう」と相づちを打ち、続きを促した。

「二十年前に聖女様が行方不明になった際の詳細が一部判明しました。聖女様は実家があった辺境を恋しがり、神殿に納品に訪れた商人の馬車に忍び込んだのですが、王都のはずれで捜索をしていた神官騎士に発見されました」

「そのときに保護したのが聖女ではなく別の人間だったと？　信じがたいな。聖女の顔を関係者全員が見間違えるわけがなかろう」

あきれ顔の国王の言葉は誰もが当然思い至ることだった。

「おそらく聖女様が無意識のうちに、認識誤認の魔法を使ったのではないかというのが、我々教団の見解です」

「幼い子が使える魔法ではないだろう」

認識誤認の魔法の使い手は非常に珍しい上に難易度が高く、ダールベルク王国内で片手で数えられるほどしかいない。

「はい。ですが聖女様は特別な方です。幼くても奇跡の力をお持ちなのです」

国王は黙る。ユリアンも納得はできないものの、強く反論する材料がなかった。

スラニナ大司教の言う通り、聖者と呼ばれる者の魔力は特別で、彼らだけは精霊の力を借りずとも強力な魔法を使える。奇跡を起こせても不思議ではない。

ユリアンは頭を切り替えて口を開いた。

「スラニナ大司教殿の話を信じるならば、真の聖女はそのまま商人の馬車に乗っていたということになるが、馬車の目的地はわかっているのか？」

「はいもちろんです。商人は神殿を発った後、クロイツァー公爵領に向かったようです。公爵領を調査すればなにかが出てくるかもしれません」

「クロイツァー公爵領？」

ユリアンは思わず顔をしかめた。

「王家といえどクロイツァー公爵領を勝手に調査はできない。公爵に協力を要請するしかないな」

秘密裏に調べる場合、大々的な行動は不可能になり時間がかかるし、公爵に気づかれたら王家との関係にひびが入る可能性すらある。

「それは困ります」

スラニナ大司教の考えるそぶりもない即答に、国王はため息をついた。

「これまでは教団側の意向を汲んで聖女不在を公表せずに来たが、これ以上は無理だ。神木が枯れて精霊の力を失えばこの国は終わりだ」

ダールベルク王国が近隣諸国で最も強い国力を誇っているのは、精霊の存在があるからだ。強い魔法を使用することにより、軍事力も文化も他国を大きく引き離しているのだ。

「一刻も早く聖女を見つける必要がある。三大公爵家に協力を要請する」

国王は断言して玉座を立った。話は終わりという合図だ。

ユリアンは頭を深く下げて国王を見送った。

その後自分の執務室に戻ると、ゲオルグとツェザールが待ち構えていた。

「陛下の決断は？」

側近の彼らは聖女不在について知っている。

「三大公爵家に情報共有をして捜索範囲を広げる」

「まあ、それしかないだろうね」

ゲオルグが納得したように言う。

「教団の調査に進展があった」

先ほど聞いた情報をふたりに話す。するとツェザールが顔をしかめた。

「クロイツァー公爵領というのがやっかいだな。あの女が邪魔をしてきそうだ」

「ツェザール。その呼び方はやめろと言っただろ。仮にも王太子の婚約者で筆頭公爵令嬢だ」

ゲオルグにたしなめられて、ツェザールは眉を寄せる。相変わらず彼のベアトリスへの評価は最低最悪だ。

（だが今のベアトリスを見たら、ツェザールの評価は変わるんじゃないか）

ユリアンは目を閉じて、昨日届いた報告書の内容を思い出した。

王太子の婚約者である彼女には、王家の間諜《かんちょう》がつき日頃から動向を観察している。

学院が長期休暇に入った今もそれは変わらない。

報告書によると、ベアトリスは連日王都はずれの孤児院に通い、孤児の面倒を見ているようだ。

貴族が慈善事業で孤児院の支援をすることはよくあるが、ベアトリスの行動はそれとは違っているようだった。

金銭を与えるだけでなく自らが子どもの面倒を見て、孤児院の環境改善に尽くす。文字の書き取りや裁縫、剣技なども従者の力を借りて行っているのだとか。

初めてその報告を見たとき、なにかの間違い、でなければいつもの気まぐれかと思ったが、その後も彼女はぶれずに支援を続けている。子どもたちにも慕われ、ベアトリス本人も楽しんでいるように見えるらしい。

「ユリアン、どうしたんだ？」

ゲオルグに声をかけられて、ユリアンははっと我に返った。

「いや……一度クロイツァー公爵令嬢に会ってみる」

「は？　なんでだよ？　なあユリアン、最近おかしくないか？」

ツェザールは不審感をあらわにする。

「俺は賛成だよ。婚約者なんだから、顔を合わせて話した方がいい」

ゲオルグは対照的にベアトリスとの会話を勧めてきた。ユリアンはこくりとうなずいた。

◇◇

「ベアトリス様、お客様がいらっしゃっています」

いつも通りに孤児院の庭で子どもたちと過ごしていたベアトリスを、シスターが呼びに来た。

ここにいるのを知っているのは家族くらいだ。なにか急用があり迎えに来たのだろうかと気軽にシスターについていくと、入口で待っていたのはまさかのユリアンで、ベアトリスは足に根が生えたようにその場に立ち尽くした。

「クロイツァー公爵令嬢。突然訪ねて申し訳ない」

落ち着いた声が耳に届いたのがきっかけで、固まっていたベアトリスの体と心が動きだす。

「と、とんでもございません。あの、王太子殿下、ご無沙汰しております」

ベアトリスは動揺しながら腰を折って挨拶をする。しかしユリアンは小声で「顔を上げて」と言った。

言われた通り顔を上げると、まともに目が合いドキリとした。

「ここには身分を隠して来ている」

「あ、はい、承知いたしました」

ベアトリスも彼と同じく小さな声で返事をする。

(王太子だってほかの人にバレたくないのね)

それにしてもなぜわざわざ来たのだろう。疑問だったが正面切って聞きづらいなと、ベアトリスはちらりとユリアンの様子をうかがう。

お忍びだからか、いつもきっちり整えている艶やかな黒髪は洗いざらしのまま額を覆っている。シンプルな白いシャツにグレーのベスト、黒いスラックス。休日の騎士のような服装だった。しかし生まれ持った王族としての気品が滲み出ており、せっかく変装しているのにその辺を歩いていたらかなり人目を引きそうだ。

さりげなく見ていたつもりが気づけばじっと見つめてしまっていたようで、ユリアンが視線に気づいてベアトリスを見た。

「どうした?」

「い、いいえ、なんでもありません」

慌てて視線を逸らしたが、内心かなり慌てている。

(め、目つきが鋭い……じろじろ見るなって思われたのかな)

なにしろベアトリスはユリアンに相当嫌われている。

（嫌いな相手にじろじろ見られたら嫌なものよね）

「君に話がある。少し時間をもらいたいのだが」

「え？」

「不都合だろうか」

「い、いえ……大丈夫です」

今度はなにを怒られるのだろうと、ベアトリスの背中を冷たい汗が伝っていく。

（休みに入ってからは学院の人と関わっていないし、目立つ行動はしていないけど）

ただベアトリスの場合は、過去に派手にやらかし積み重ねてきた罪状がある。

ユリアンがそれらのどれかをふいに思い出して、怒ってくる可能性はおおいにありそうだ。

シスターに孤児院の面談室を借りて、ぎしぎしと嫌な音を立てる机に向かい合わせに座った。

結婚前の男女が密室でふたりきりになるのは避けなくてはいけないはずだが、ユリアンはためらいなく自らドアを閉めてしまった。

緊張感でいっぱいになるベアトリスをユリアンがじっと見つめてきた。

「この部屋には音を遮断する結界魔法をかけた」

「えっ？」

（防音を徹底するなんて、どれだけ激しく怒るつもりなの？）

ますます不安が大きくなり顔が引きつる。そんなベアトリスの心情はいっさい考慮されずに、ユリアンは続きを口にする。

「これから話すことは、他言無用にしてもらいたい」

「……はい」

（誰かに知られたら困るほどの暴言を吐くつもり？　こ、怖すぎる……）

ベアトリスはごくりと息をのみ、やってくるであろう罵倒を待つ。

「聖女が行方不明だ」

ベアトリスはきょとんと目を丸くした。

（聖女様？　な、なんだか思っていた話と全然違うのだけれど）

内心首をかしげていると、ユリアンの目の色が剣呑《けんのん》なものに変化する。

「驚かないのだな……なぜだ？」

（なぜだ？って、こっちのセリフなんだけど！　どうしていきなり不機嫌になるの？

わけがわからない）

ベアトリスは恐怖に怯えながらも、黙っているわけにはいかないので口を開く。

「あの、驚くというより、話の内容がよくわからなくて戸惑っています」

ダールベルク王国に聖女がいるのは知っている。神殿の奥深く守られていて滅多に姿を現さない、とても神聖な存在。

その聖女が行方不明になったのなら一大事だ。

ただ、なぜその件をユリアンがベアトリスに知らせに来たのだろう。

クロイツァー公爵家と聖女の間に特別な関係はなかったはずだ。行方不明なのは心配だが、ベアトリスにできることはない気がする。

しかしユリアンはまるで非難するような目でベアトリスを見ている。

「言ったままだ。今我が国は聖女が行方不明という非常事態に陥っている。君の立場なら、もっと深刻に受け止めるべきだと思うが」

ユリアンの言葉で、受け答えに失敗したのだと気がついた。

(のんきな反応をしてしまったけれど、それだと王太子の婚約者としても公爵令嬢としてもだめってことだわ)

正直言ってピンとこないが、それほどの非常事態というのは伝わってくる。

(聖女様って、具体的にどんな役割があるんだっけ)

残念ながらベアトリスの知識の中にそれらしいものはない。ロゼ・マイネ時代も聖女は身近ではない存在だった。

(前までの私、もうちょっと勉強してくれていたらよかったのに)

ユリアンはいまだ不審感いっぱいの目でベアトリスを見すえている。

これは知らないでは済まなそうな雰囲気だ。

(とはいえごまかすのは無理だよね、なにか聞かれてもまったく答えられないんだし)

ベアトリスは迷った末に、正直に言うしかないと腹をくくった。

「申し訳ございません。私には聖女様についての知識がありません」

ユリアンの表情が、なにを言っているんだ?とでも言いたそうな訝《いぶか》しげなものになる。

(うう……ものすごく不審そうな目をされてるんだけど)

しかし、知らないものはどうしようもない。知ったかぶりをしても状況が悪化するばかりだ。

「聖女の知識がない? まさか……高位貴族なら五歳の子でも知っていて当然のはずだろ? それすらなくて王太子妃教育はどうしていたんだ?」

ユリアンは頭をかかえて何事かをぶつぶつつぶやいていたが、やがてあきらめたようにため息をついた。

「そういえば君は王太子妃教育を嫌っていたな。聖女にすら関心がないのは予想外だったが」

ああこれは完全に軽蔑されている。そんな様子を目《ま》のあたりにするとさすがにショックだ。

（で、でももともと評価はどん底なんだから、これ以上下がらないってことだわ）

残念な事実を前向きに捉えて気持ちを立て直す。

「お恥ずかしいのですが、王太子殿下のおっしゃる通りです。反省して今後はしっかり学びたいと思っていますので、お手数ですが先ほどの件のなにが問題なのか教えていただけませんでしょうか」

本音では王家が動くほどの壮大な話は自分に関係ないと思っている。けれど、ちゃんと話を聞かないとユリアンはいつまでも帰ってくれないような気がしたのだ。

あくまで低姿勢に教えを請うたからか、ユリアンは驚きの眼差しでベアトリスを見ている。

（前の私は教えてなんて言わなかったものね。性格が変わりすぎだって思われてそう）

「聖女は神木の守り手だ。神木は精霊が暮らす異界を結びつける鍵で……」

仕方がないと思ったのか、ユリアンはベアトリスに親切丁寧に説明をしてくれる。

真剣に話を聞き、だいたいの事情を察した。

（つまり聖女様がいないと神木が枯れてしまって、異界とのつながりが消えるということね）

結果として、人々は精霊を召喚できず強い魔法が使えなくなるだろう。

（え……それじゃあピピもいなくなってしまうってこと？）

ベアトリスはショックで息苦しさを覚え、胸を押さえた。

ピピはもうベアトリスにとって大切な存在になっている。

（ピピと会えなくなるなんて悲しい……つらすぎるわ）

なんとしても神木が枯れるのを防がなくては。

「聖女はクロイツァー公爵領に向かったと思われる。近いうちに調査をするため、クロイツァー公爵家にも協力を願いたい」

ベアトリスはようやくユリアンの用件を理解してうなずいた。

「わかりました。そのような事情でしたら、お父様とお兄様が聖女様の捜索をすると思います。ただ行方不明になったのが二十年前では見つけられるか心配ですね」

聖女は今年二十六歳だという。ということは、いなくなったのは六歳かそこら。そんな子どもがひとりで暮らしていたとは考えられないので、誰か大人の庇護下にいたはず。

外見だけでもかなりの変化をしているはずだから、見つけ出すのに苦労するだろう。

（親切な人に保護されているといいんだけど）

考え込んでいると、ユリアンが無言であることに気づき伏せていた目を上げた。彼はベアトリスをじっと見つめていた。

「あ、あの、王太子殿下？」

なにかを探るような眼差しに、居たたまれなくなる。以前、学院の裏庭で会ったときも彼はベアトリスをこんな目で見ていた。

（よほど私が気に入らないんだわ……早く婚約破棄してくれたら、もう私などに会わなくて済むだろうに）

少しでも存在感を消そうと身を縮めていると、ユリアンが口を開いた。

「なぜ、孤児院の支援をしているんだ？」

「え？」

突然の話題変更にベアトリスは戸惑い目を瞬く。聖女の話はもういいのだろうか。

「孤児の救済には関心がなかったはずだが」

（まさか、そのことまで怪しまれてるの？）

ベアトリスは驚愕して目を丸くした。警戒されているのは知っていた。しかし慈善事業にまで疑いを持たれるとは。

（それだけ以前の悪い行いが積み重なっているんだ）

過剰に監視するのは、ユリアンがベアトリスのせいでいらぬ苦労をしてきたからかもしれない。

「この孤児院は貴族からの支援を失い困窮していました。偶然その状況を知り、力になりたいと思い、両親も賛成してくれたのでこうして通っています」

真実だけを端的に述べると、ユリアンは納得してくれたようで、それ以上追及されるようなことはなかった。

ただ、少し見学をしていくと言われてしまい、ベアトリスは戸惑った。

（ユリアン王太子が監視してたらやりづらいわ）

邪魔はしないから気にするなと言われても、あのなにもかも見透かすようなサファイアブルーの瞳で見すえられると、落ち着かなくなる。

（それに怖いし。もうトラウマになってる気がする）

いつもの調子を出せずにいたが、子どもたちはそんなことは関係なしにベアトリスの姿を見つけると駆け寄ってくる。

「ベアトリス様、お勉強終わったよ！　綺麗に書けたから見て見て」

一番勉強熱心なアンが、ベアトリスに書き取りをした紙を差し出してくる。そこにはこの十日でだいぶ綺麗になった文字が丁寧に記されていた。

「まあ、上手になったわね！」

子どもの上達がうれしくて、ベアトリスは思わず大きな声を出した。

「えへへ……」

褒められたアンは頬を染めて、恥ずかしそうにしている。

（この子はとても頭がいいわ。計算も習ったら将来は商家で働けそうね！）

「ベアトリス様、私は刺繍したの。見てください」

八歳になるサラが生成りの布をベアトリスの前に広げた。布の真ん中にかわいらしい赤い花が咲いている。

「これはダリアの花ね。とっても綺麗にできたのね。すごいわ」

ベアトリスはサラににこりと微笑む。

（サラは仕立て屋で活躍できそう）

孤児院の子どもたちは、十六歳になったら独り立ちする決まりなので仕事を探す。だから小さなうちから自分の好きなことを見つけて、特技として伸ばしていくのは子どもたちのためになるのだ。

（前世の私は計算も読み書きも苦手だったから、仕事探しに苦労したんだよね）

なかなか見つからずに焦っていたところ、どうにか宿屋の従業員として拾ってもらったが、特技の大切さは身に染みている。

「ベアトリス様ー」

女の子たちと話していると、レオと剣の練習をしていた男の子たちが集まってきた。

ベアトリスは笑顔で子どもたちを迎えて、彼らがいかに楽しく練習をしたのか、怒涛のおしゃべりを聞くことになった。その頃にはユリアンの存在は頭から消えていて、思い出して青ざめた頃には、彼は立ち去った後だった。

第五章　初めての友人

　冬の休暇が終わり、学院が再開した。

　これからは卒業まで魔導士としての力を高めるために、実践を積んでいく。

　召喚した精霊によって魔力の増減があったので、クラス替えが行われていた。

　クラスは三クラスあり、実力別だ。ベアトリスは一番上のAクラスに在籍していたが、召喚の失敗により一番下のCクラスになるだろうと思っていた。ところが。

「え……嘘でしょ？」

　登校してみると、ベアトリスはまたAクラスとなっており衝撃を受けた。

（私自身の魔力は弱まっているし、ピピの精霊としての力添えもまったくと言っていいほどないのに、どうして今でもAクラスなの？）

　一応王太子の婚約者の公爵令嬢だからだろうか。

（実力主義とうたっている学院にも忖度《そんたく》というものがあるということ？　でも余計な気遣いだわ。Cクラスでよかったのに）

　ベアトリスは重い足取りでAクラスの教室に向かう。緊張を覚え深呼吸をしてからドアを開いた。

教室にはすでに十人以上の生徒がいて、いっせいにベアトリスに注目した。皆が顔色を変えて、口を閉ざす。それまでの楽しそうな空気が気まずいものに変化した。

（私と同じクラスなんて嫌だって思われてるのかな）

ものすごい気まずさを覚えながら、事前に確認してある自席に向かう。

窓際から二列目の一番うしろという目立ちづらそうな席なのが救いだった。

（でもあと半年以上もこの状況だなんて、つらいなあ……）

早くもくじけそうだ。それでもせめて卒業はしないと、家族に申し訳がなさすぎる。

（子どもたちと過ごせた休みの間は天国だったな）

アンたちは今頃どうしているだろうか。しばらく来られないと言ったら寂しそうな顔をしていた。ベアトリスが行けない間は公爵家の使用人に代わりを頼んでいるものの、やはり心配だ。

ぼんやりと窓の外を眺めながらそんなことを考えていると、教室の中がひと際騒がしくなった。

何事かと視線を巡らせると、入口からユリアンが入ってくるところだった。

彼がこのクラスなのはわかっていたので驚きはしないが、緊張はする。

ベアトリスはどうか気づかれないようにと願いながら息を潜める。しかし教室内に視線を巡らせていたユリアンに、あっさりと見つかってしまったようだ。

目が合いぎくっとしたときには、彼はもうこちらに歩いてくるところだった。

（こっちに来る？　まさかまたなにか言われるの？）

ドキドキしていると、隣の窓際の席の椅子をがたりと引いてユリアンが席に着いた。

ベアトリスはまたもやショックを受ける。

（この席順はどういうこと？　成績順なわけがないし、まさか婚約者同士を隣にって気遣い？　そんなの全然必要ないのに！　むしろ今すぐにでも婚約破棄してもらいたいくらいなんだから）

ベアトリスは頭をかかえたい気分になる。しかし今はそんなことをしている場合ではなかった。ユリアンの視線をひしひしと感じるからだ。

「おはようございます。王太子殿下」

気づかないふりが通用するわけがなく、ベアトリスは隣に体を向けて頭を下げる。

「おはよう。久しぶりだな」

「は、はい」

またぎろりと睨まれるかもしれないと身構えていたのに、気さくな返事だったので拍子抜けした。

「子どもたちは元気か？」

さらに会話が続くので驚いてしまう。

（……もしかして、気を使ってくれているのかな）

嫌いでも一応は婚約者同士だからか。ベアトリスが失敗しなければ、怒るような人ではないのかもしれない。

「はい。どの子も寒さに負けずにがんばっています」

不遇な環境にいながらも、勉強熱心で努力をするいい子たちだ。

（今頃、字の練習をしているかな……）

そんなことを考えていたら思い出した。

（そういえば、この前王太子殿下の存在をすっかり忘れて放置してしまったんだわ）

見送りすらせずに、子どもたちの相手に熱中していた。

（あの態度は無礼だったよね）

ただ、今のところ文句を言ってくる気配はなく、表情も今までになく穏やかだ。

「子どもに様々なことを教えるのはよい考えだと思った。ほかの孤児院にも学習機会の導入を考えている。才能によっては国で雇う仕組みがあってもいい」

「え……国に？　それはまさか、騎士とか文官に採用いただけるということですか？」

人々が憧れるそれらの職業は、貴族か平民の中でも貴族と縁があり、身元がしっかりしている者に限られる。孤児院出身では話にもならないのに。

「先日、子どもたちの様子を観察していたんだが、才能がある者が何人かいた。眠らせておいては損失だ」

つまり才能があれば、上にいくのも可能ということだ。

「それは……すごくいい考えだと思います。みんなとても喜びます！」

（あの子たちがそのことを知ったら、もっともっとがんばるようになるわ。必要なのは希望なんだもの。夢があるから努力できる！）

うれしくて、ベアトリスはユリアンの手を取ってありがとうと訴えたい気分になる。

もちろん実際にはやらないが。

けれどニヤニヤしているところを見られたようで、ユリアンが目を見開いた。

（あ、いけない……うっかり公爵令嬢らしくない表情をしちゃったわ）

どうごまかそうかと考えたとき、ベアトリスの前の席の椅子が乱暴に引かれる音がした。

視線を向けたベアトリスは、思わず変な声をあげそうになってしまった。

前の席に座ったのは、ユリアンの側近であるツェザールだったからだ。

(なんでこの人までこんな近くなのよ)

さらにツェザールの隣、ユリアンの前の席にもうひとりの側近ゲオルグが座る。

(うう……この席最悪だわ)

隣が王太子で前が側近という、ベアトリスをとくに嫌うメンバーが勢ぞろい。なんという苦行だろうか。

(一瞬たりとも気が抜けないわね)

さっきみたいにニヤニヤしてたら、なにを言われるかわからない。

背中を冷や汗が流れるのを感じながら、できるだけ気配を消すことに努めていると今度は右隣の席に誰かが座った。

今度は誰だとベアトリスは恐る恐る様子をうかがう。

(あら、この人って……)

涼しげな紺色の髪に同色の瞳のなかなか綺麗な女性は、召喚式で一番に舞台に上がった人物だった。

(たしか、水の精霊を呼び出したのよね)

初めて見た精霊だったので強烈に印象に残っているし、彼女の凛とした雰囲気も好感度が高いと思っていた。

（ええと、名前はたしか……）

思い出そうとしていると、視線を感じたのか彼女がこちらに目を向けた。

まともに視線が重なりベアトリスはどきりとしてあたふたする。彼女の方は初めからベアトリスの存在に気づいていたようで、落ち着いた様子で頭を下げた。

「クロイツァー公爵令嬢、はじめまして。私はカロリーネ・シェルマンと申します。どうぞよろしくお願いいたします」

ベアトリスは恐れられ嫌われているので、ほとんどの人は怯えるか逃げ出すか、または嫌悪感をあらわにするかだというのに、カロリーネにはそのような気配は見られなかった。

学院内でまともに話しかけてくれたのは、ユリアンを除けば彼女が初めてだ。

隣の人が気さくな人でよかったとベアトリスは笑顔になる。

「カロリーネ様、私はベアトリス・ローゼ・クロイツァーといいます。こちらこそよろしくお願いいたします！」

「は、はい」

今にも手を握ってきそうな勢いのベアトリスに引いたのか、カロリーネの顔が少し引きつる。それでも気を取り直したように微笑みを浮かべた。

「あの、カロリーネ様は以前はAクラスではありませんでしたよね？」

「はい。Bクラスに在籍していたんですが、召喚式の結果でAクラスに転籍になりました」

「ああ、なるほど。カロリーネ様の呼び出した精霊を見たみんなが褒めていました。ウンディーネでしたよね？」

きっと優秀な精霊なのだろう。

「はい。しっかりした形を持った精霊を召喚した生徒は、必ずAクラスになる決まりですから。クロイツァー公爵令嬢も同様でいらっしゃいますよね」

「私が？　たしかにピピは実体化しているけど……」

ベアトリスは少し驚きながら、召喚式の様子を思い出していた。

そういえばカロリーネの言う通り、光をまとった毛玉のようにしか見えない精霊を召喚した生徒が何人もいた。あのときはベアトリスの能力の問題でぼんやりとしか見えないのだと思っていたけれど、カロリーネの話によればそれは違っているようだ。

（しっかりした形を取れない精霊もいるのね。ということは、私のピピは思ったよりもすごい精霊なのかしら）

とてもしっかりしていて、本物の小鳥と言われても違和感がない姿をしているのだから。

「私がAクラスになったのは忖度されたわけじゃなかったのね」

実力主義の学院を疑ってしまい申し訳ない気持ちになった。

ひとりで納得していると、カロリーネが訝しげな表情を浮かべていた。

「あの、クロイツァー公爵令嬢？」

「あ、ごめんなさい。なんでもないです。それよりも、私のことは家名ではなく名前で呼んでもらえませんか？」

できればカロリーネとは仲よくなりたい。この学院で初めてベアトリスを拒絶しなかった人なのだ。

ぐいぐい積極的に迫るベアトリスに、カロリーネはかなり戸惑っている。

「ですが公爵令嬢の名前を呼ぶのは無礼になります」

「そんなこと言わないでください。同じクラスで隣同士の席なんですから」

「わ、わかりました。ではベアトリス様とお呼びいたします」

「よかった」

ベアトリスはほっとして笑顔になる。

（ついに友達ができたわ！）

つらい学院生活の中で希望の光が見えた気がした。

浮かれていたベアトリスは、一連の会話をユリアンに聞かれているなど少しも気づくことができなかった。


昼休み。ベアトリスとカロリーネは裏庭のベンチで弁当を広げていた。

ベアトリスは今日もひとりで食事をするつもりだったが、カロリーネも食堂に行かずひとりでどこかに歩いていく姿を見つけた。思いきって声をかけてみたら、彼女も弁当を持ってきていると言ったため、誘ってみたのだ。

もし迷惑そうだったらすぐに去ろうと思っていたが、カロリーネはむしろ喜んでベアトリスの誘いを受けてくれた。

「ベアトリス様はいつもこちらで食事をしているのですか？」

カロリーネは慣れた手つきで準備をするベアトリスを見て首をかしげる。

「ええ、そうなんです。食堂は人が多くて気を使うので。カロリーネ様はどうされていたんですか？」

「私も外でいただいていました。一緒に過ごす友人もいませんから、食堂でひとりで過ごすよりも外の方が落ち着くんです」

ベアトリスは少し驚いた。

（カロリーネ様に友人がいないなんて意外だわ）

わがまま放題だったベアトリスが敬遠されるのはわかるが、しっかりしていて礼儀正しい彼女がなぜ？

その疑問が顔に出てしまったようだ。

「私の家は男爵家といっても先代までは平民の商人で、祖父が男爵位を与えられたことで貴族になりました。ですから由緒正しい貴族の方からは認められないのでしょう。かといって平民のクラスメイトからは遠慮される中途半端な存在なんです」

「そうなんですか……平民の方が遠慮してしまうのは理解できますね」

きっすいの平民ロゼ・マイネだった頃は、貴族とは縁もゆかりもなく別世界の存在で、粗相をして罰せられるのが怖いから、できれば近づきたくないと思っていた。

この学院に通っている生徒ならそこまで恐れていないとしても、あえて関わりたくはないだろう。

「ただ、貴族がカロリーネ様の家を認めないというのはおかしな話ですよね。だってカロリーネ様のお祖父様は、なんらかの功績をあげて当時の国王陛下に認められて貴族になったのでしょう？　だったらシェルマン男爵家を認めないのは、国王陛下の意向に背くことになると思うんですけど」

不思議だなと思いながらつぶやく。するとカロリーネは驚愕の表情になった。

「あの？」

「あ、すみません。まさかベアトリス様がそのようにおっしゃってくださるとは思っていなかったもので」

「……私の噂を聞いていたらそう思いますよね」

傲慢でわがまま、高飛車な令嬢が、元平民の男爵家を認める発言をするはずがない。

ロゼから見たら男爵でも雲の上の存在だが。

カロリーネは少し考えるようにしてから口を開いた。

「学院内でベアトリス様の噂を聞いたことはあります。でも私は信じてはいませんでした」

「えっ、そうなんですか？」

（いったいどうして？　前の私の横暴は噂じゃなくて、本当だったのに）

驚くベアトリスにカロリーネは微笑む。

「噂でのベアトリス様はとても冷たい方だとされています。ですが私は学院の長期休暇の間に、王都はずれの孤児院で子どもたちの面倒を見るベアトリス様を何度か見かけたのです」

「そうなんですか？　気づいてませんでした」

あの辺りに貴族の家はないし、貴族が出入りするような店もない。そのため学院の関係者と会う可能性は低いと思っていたのだ。

「あの孤児院の近くに、私の母の実家があるんです。それでベアトリス様を見かけて、噂とはまったく違う優しい人だと感じていました。そして今日こうしてお話をして確信したんです。ベアトリス様は噂のようなひどい人ではありません」

凛とした表情ではっきり言ったカロリーネの言葉に、ベアトリスの目にじわりと涙が滲む。

評判に惑わされずに今のベアトリス自身を見てくれたことが、とてもうれしかったのだ。

「ありがとう、カロリーネ様」

「いいえ、私こそありがとうございます」

ふたりで頭を下げ合った後、微笑み合う。

「カロリーネ様、これからも仲よくしてくださいね」

「こちらこそ。よろしくお願いします」

（ああ、うれしい！　前世の記憶が蘇ってからできた初めての友達がこんなに素敵な人だなんて最高ね）

「そうだ。カロリーネ様に私の精霊を紹介してもいいですか？」

「精霊って、あの小鳥の姿をした？」

「ええ。ピピ、出てきて」

声をかけると、内ポケットからピピが元気よく飛び出してくる。

「ぴい！」

「ええっ？」

カロリーネは驚いたようで、腰を上げかける。けれどパタパタと楽しそうにベアトリスの周りを飛ぶピピを見て、やがてくすりと綺麗に笑った。

「元気いっぱいでかわいいですね」

「そうでしょう？　お昼はいつもこの子と過ごしていたんです。食事もするんですよ」

そう言ってサンドイッチの欠片《かけら》をあげると、ピピはおいしそうにくちばしでつつきだす。

カロリーネは目を丸くした。

「驚きました。食事をする精霊なんて」

「カロリーネ様のウンディーネは食事をしないの？」

そういえばユリアンもピピの様子を見て、なにか言いたそうな顔をしていた。それほど珍しいことなのだろうか。

「ええ、もちろんです。ウンディーネは普段異界にいて、呼ばない限り出てきませんもの。ほかの精霊もそういうものだと思います」

「そうなの……やっぱりピピは少し変わっているのね」

「ええ、不思議ですね」

カロリーネは興味深そうにピピを見ている。

「この子は強い力を持っている精霊じゃないけど、こうして一緒にいると落ち着くの。みんなが失敗だって言っているのは知ってるけど、私はピピでよかったと思ってるわ」

ほかの人にそんなことを言ったら、負け惜しみだと思われそうなので黙っているけれど。でもカロリーネは素直に受け止めてくれた。

「そうですね。とてもかわいいわ」

理解してくれる友達ができてよかった。ベアトリスは久しぶりに楽しい昼休みを過ごしたのだった。

学院生活は、カロリーネのおかげで予想よりもずっと楽しいものになった。日に日に友情を深めて、いまでは敬称なしで名前を呼び合っている。敬語もなしだ。

成績面に関しては、座学はがんばっているものの、実技ではちっともいいところを見せられないベアトリスだったが、落ちこぼれている姿を周囲が見慣れたのか、以前よりも陰口を言われる機会が減っているような気がしていた。

「ベアトリスごめん、今日は先に帰るね」

「うん、港に行くんでしょう？　楽しんできてね」

「ありがとう」

カロリーネはうきうきした様子で足早に教室を出ていく。カロリーネの家は商会を経営している。今日は珍しい品物をのせた船が到着するので見に行くのだそうだ。

(私も今日は早く帰ろうかな)

ベアトリスの放課後は、カロリーネと図書室で勉強をするか、帰りに孤児院に立ち寄って子どもたちと過ごすかの二択だ。

ただ今日は少し疲れを感じているので、早めに寝るのもいいかもしれない。

荷物をまとめて席を立つ。そのまま車寄せに向かおうとしたところ、思いがけず呼び止められた。

「クロイツァー公爵令嬢」

低くよく通る声は、振り返らなくてもユリアンだとわかる。

「は、はい……」

恐る恐る振り返ると、自席に座るユリアンがベアトリスを見上げるようにしていた。

鋭い眼差しにどきりとする。

ここ最近は隣の席であるものの関わりなく過ごせていたため、油断していた。

「話がある。少し時間をもらえるか」

「……はい」

嫌に決まっているが正直に言えるはずがなく、答えははいの一択だ。

「では場所を移そう」

ユリアンが立ち上がり颯爽と教室を出ていく。いつの間にか彼のうしろにはまるで影のように側近ふたりが付き添っていた。

(三対一が確定だわ)

いったいなにを言われるのだろう。

(あ、ついに婚約破棄するって言われるとか？　それだったらうれしいな)

ベアトリスは不安と期待を胸に、ユリアンたちの後を追った。

連れてこられたのは、学院内に用意された王族用の部屋だった。かつてのベアトリスは王太子の婚約者だからと強引に押し入っていたが、いい思い出はいっさいない。

(ユリアン王太子は、私がいるときはいつも嫌そうな顔をしていたものね)

それに気づかないで平然としていた以前の自分はすごいなと、すっかり小心者になってしまったベアトリスは内心ため息をついた。

「座ってくれ」

「話というのは五日後に行われる討伐についてだ」

「はい」

ベアトリスはうなずきながらも、ますます気が滅入るのを感じていた。

討伐とは、授業の一環として行われる魔獣退治だ。

魔獣退治は普段、王家の騎士団か神殿騎士団が主に行っているのだが、魔法学院の生徒も実戦訓練としてときどき弱い魔獣を退治する。

ベアトリスはそれが憂鬱で仕方がなかった。

以前のベアトリスは精霊なしで高威力の攻撃魔法を使用していた。しかし今は指先に小さな火をともすのが精いっぱい。

そんな状況で魔獣に立ち向かっても、あっさり返り討ちに遭うだけだ。

卒業するために必要な単位なので行くことは行くが、退治は成績優秀者に任せて、自分は雑用でもするつもりでいた。

(そんなことを考えていたのが、なぜかばれてしまったとか？)

王太子の婚約者として、あまりに情けないとでも言われるのだろうか。

(その流れで婚約破棄になったら怒られがいがあるんだけどな)

召喚式からずっと婚約を解消してほしいと待ち望んでいるが、なかなかそのような話は出ない。ユリアンも同じ気持ちだろうになかなか実現しない。筆頭公爵令嬢との婚約破棄はそれほど困難なのだろうか。

「聞いていると思うが、今回の訓練は深淵《しんえん》の森で行う」

「はい」

深淵の森は王家の直轄領に存在するかなり大きな森だ。ベアトリスが支援している王都はずれの孤児院から、徒歩で一時間ほどの位置にある。

前世ではときどき、きのこや木の実など自然の恵みを採りに入った。ただ森の奥深くは魔獣が出て危険なため、未知の領域だ。

「移動中に、深淵の森近くの村に立ち寄る。その際、聖女の居場所の手がかりがないか探ろうと思っている」

「聖女様を？」

ユリアンの言葉にベアトリスは怪訝な顔をした。学院の行事の話題だったはずなのに、突然脱線してしまったからだ。

「そうだ。王家の騎士が捜索しているが、いまだ有力な情報がない。どんな些細な手がかりでも喉から手が出るほど欲しい状況だ」

「そうなんですか」

「クロイツァー公爵令嬢にも手伝ってもらいたい」

「ええ？」

それまで他人事として相づちを打っていたベアトリスは、突然の命令に驚きの声をあげた。

(どうして私が？)

「人手は多い方がいい。数少ない事情を知る者である君は適任だろう」

ユリアンは決定事項のように言うが、ベアトリスとしてはなんとしても断りたい。

討伐訓練だけで精いっぱいなのに、聖女についての情報収集をする余裕はない。

(なんとか断る理由を……そうだわ！)

「あの、聖女様はクロイツァー公爵領にいる可能性が高いとおっしゃっていませんでしたか？」

以前彼は孤児院にまで訪ねてきてそう言っていたはずだ。

「深淵の森はクロイツァー公爵領とも接しているから、人々の行き来があるはずだ。調べて損はない。少なくともなにもせずにいるよりはいい」

頭の中に地図を浮かべる。深淵の森は王家直轄領とクロイツァー公爵の領地を分けるように左右に広がっていて、巨大な森なので入口がいくつかある。討伐訓練で使用する入口近くに村があるのだろう。

「でも、私は聖女様の人物像を知らないので、手がかりを探せと言われても……目印でもあればいいのでしょうが、あるわけがないですものね」

そう言うとユリアンが目を丸くする。同時にイライラしたようなツェザールの声が割り込んできた。

「聖女は左手に印を持って生まれてくる。そんなの常識だろ？」

「そ、そうなのですか？」

あまりの剣幕に、ベアトリスは若干引いてしまう。

（そこまで怒ることないのに）

なんて短気な人だろうか。

「ツェザール、やめろ」

ツェザールに比べたら格段落ち着きがあるゲオルグが会話に入ってきた。といってもベアトリスに優しいわけじゃない。

「クロイツァー公爵令嬢。王太子殿下の婚約者として、今の発言は問題がありますね。聖女は強い魔力を持っており、手には神木を模した印を持っている。これは貴族の子息令嬢なら幼い頃に必ず習う常識です」

「そ、そうでした。うっかりしてました」

（常識って言われても、ベアトリスの記憶にないんだけど。習ったのに忘れちゃったのかな……それとも前世の記憶が蘇ったときに消えてしまった？）

考えすぎだからかずきずきと痛む頭を押さえていると、ユリアンが皆をなだめるように落ち着いた声を出した。

「クロイツァー公爵令嬢。特別強い魔力を持つ人間は感覚でわかるものだ。気になる女性を見つけたら、左手を確認してくれ。そして印があったら私かこのふたりに知らせてもらいたい」

「は、はい……わかりました」

討伐訓練と並行して行うのはかなり難しいだろうが王太子命令だ、やるしかない。

それによく考えると、聖女が見つからなかったら精霊が消えてしまう可能性が高いのだ。気が進まないなんて言っている場合ではない。

他人に任せるだけでなく自らも動かなくてはと、ベアトリスは自分に言い聞かせる。

(不安だし自信はないけど、これからもピピと一緒にいるためにがんばるしかないわ)

ベアトリスの気持ちが前向きになったと気づいたのか、ユリアンが表情を和らげた。

「討伐訓練に関しては、心配しなくて大丈夫だ。私がフォローする」

(え？ ユリアン王太子が、私の魔獣討伐を手助けしてくれるの？)

たしかに彼なら、訓練で遭遇する魔獣くらいあっさり倒せそうだ。

「お気遣いありがとうございます。聖女様が見つかるように努めますので、よろしくお願いします」

「ああ、頼んだ」

ユリアンは機嫌よさそうに微笑んだ。

「……はあ」

部屋を出た後、ベアトリスはため息をつきながら、車寄せに向かって廊下をとぼとぼ歩いていた。

（決心したものの、ユリアン王太子たちと一緒に聖女様捜しは、大変そうだわ……）

魔獣はユリアンが手助けしてくれるようだから、けがの心配はなくなったとはいえ、精神的にかなり疲弊しそうだ。

（そうだ。訓練が終わったらカロリーネとケーキを食べてお疲れさま会を開こうと約束してたけど、別の日に変えなくてはね）

ベアトリスは憂鬱な討伐訓練の後のご褒美を、心から楽しみにしていた。張りきって王都で人気のカフェを予約までしただけに残念だ。

肩を落としたとき、乱暴な足音が近づいてきた。

「クロイツァー公爵令嬢！」

怒鳴るように呼びつける声。驚きながら振り返ると、そこにいたのはツェザールだった。

彼はとくにベアトリスを嫌っている様子なのに、なぜ追いかけてきたのか。

警戒しているとツェザールは距離を縮めてきて、ベアトリスのすぐ前で立ち止まり見下ろしてきた。

（うう、すごい威圧感……）

体の大きなツェザールに睨まれている状況は、不安しかない。ベアトリスは心拍数が上がった胸を押さえて口を開いた。

「あの、ツェザール様、私になにかご用ですか？」

「最近方針を変えたようだが、そんなことをしても無駄だ」

居丈高に告げられて、ベアトリスはぽかんと口を開けた。

彼の言葉の意味がまったくわからないからだ。

「おっしゃる意味が……」

「そうやってしおらしいふりをしてユリアンの気を引こうとしているようだが、あんたの魂胆は見え見えだ」

（え……魂胆なんてないんだけど）

「聖女についてすら知らないあんたに、王太子妃が務まるはずがない」

それはベアトリスも同感だ。

「聖女が見つかったら彼女がユリアンの妃になる」

「えっ！」

ベアトリスは思わず高い声をあげてしまった。

（聖女様がユリアン王太子の妃に？　ということは、私はお役ご免ってことよね？）

無言になったベアトリスの反応をショックを受けたからと勘違いしたのか、ツェザールはにやりと笑い高々と宣言する。

「残念だったな。だがもうわずかのチャンスもない！　王太子の婚約者の座からはずれたらこれまでの悪事についても追及してやる。せいぜい震えて待ってろよ！」

すがすがしいくらいの捨てゼリフを残し、ツェザールは去っていった。

（も、ものすごく嫌われているみたい）

それはわかっていたが、予想以上だと実感した。気に食わないとか嫌いというよりも、心から憎んでいると表現した方がふさわしい態度だ。

過去に彼と個人的に問題があったのだろうか。

いや、今はそんなことよりも。

ベアトリスは知ったばかりの情報に心を躍らせた。

聖女が見つかったら、円満に王太子の婚約者の座からはずれることができるのだ。

（ああ、ついにこのときが……なんて素晴らしいの！）

待ちに待っていた婚約の解消。プレッシャーから解放された爽快感でいっぱいだ。

喜びが抑えきれず、ふふふと笑いが漏れてしまう。貴族令嬢としてあるまじき顔になっていそうだ。ベアトリスは口もとを押さえて、通りすがりの人に顔が見られないようにうつむいた。

(婚約破棄されたあとは自由よね。領地に帰って、計画していた孤児院の運営をして、休みが取れたら観光に出かけて……やりたいことが山ほどあるわ!)

つい先ほどまで気が重かった聖女捜索だが、一気に意欲が込み上げてきた。

(がんばって聖女様を捜さなくちゃ)

ベアトリスは軽やかな足取りで、公爵家の馬車に向かった。


「トリスちゃん、気をつけるのよ」

討伐訓練の朝。クロイツァー公爵家の玄関ホールには、心配顔の公爵夫人と兄ランベルトがベアトリスの見送りに出ていた。

「はいお母様。無理はしないと約束します」

母はかなり心配顔で、じつは聖女捜しもするなんて口が裂けても言えない雰囲気だ。

「昨日渡したアミュレットはちゃんと持っているか?」

「はいお兄様。ここに」

ベアトリスは制服の胸もとから、ペンダント形になっているアミュレットを取り出した。

ゴールドのチェーンにヘッドは大きなルビーで、クロイツァー公爵家の紋章である炎の鳥が刻まれている。

優しい兄が討伐に出る妹のために用意してくれたもので、強力な守護の力が込められているのだとか。

「お兄様、本当にありがとうございます。とても心強いです」

「ああ。だがアミュレットがあるからと無理をしてはだめだからな」

「はい」

自分で言うのもなんだが、自ら危険に飛び込む勇気などない臆病な小心者だ。

(でも以前の私は向こう見ずで自信家だったから、心配なんでしょうね)

「お母様、お兄様、行ってきます」

ベアトリスは笑顔で玄関扉を出て、横づけされていた馬車に乗り込む。

いったん学院に向かい、院内にある転移門を使う。転移門とは離れた場所と一瞬で行き来できる魔法を付与した門のことで、国内の要所に設置されている。

遠くまで魔法で移動できるのはとても便利だが、王宮魔導士が厳重に管理をしているため、個人が気軽に使用することはできない。一般人にとってはあまりなじみがないものだ。

討伐に参加する生徒と教師全員で転移門を使い、近くの町まで移動した。そこで教師から討伐の班が発表される。

「よかった、ベアトリスと一緒だわ」

ベアトリスとカロリーネは運よく同じ班になれた。

「本当だわ。よろしくね、カロリーネ」

ふたりで手を取り喜び合っていると、ふいにカロリーネの表情が変化した。

「どうしたの?」

彼女の視線はベアトリスのうしろに向いている。振り返るとそこにはユリアンと側近ふたりが佇んでいた。

「クロイツァー公爵令嬢、カロリーネ嬢。私たちは同じ班のようだ。よろしく頼む」

(魔獣討伐を手助けするって、こういうことだったのね)

たしかにユリアン自らベアトリスと同じ班になるのが、一番効率がよさそうだ。

「こ、こちらこそ。王太子殿下とご一緒できるなんて光栄です。足を引っ張らないようにがんばりますのでよろしくお願いいたします」

カロリーネが緊張した様子で深く頭を下げる。その後彼女が側近のふたりに対しても礼儀正しくを下げると、彼らは笑顔で快く受け入れた。

ところがカロリーネには優しい顔をしていたツェザールが、ベアトリスの顔を見た途端に渋面《じゅうめん》になった。

大嫌いなベアトリスに、不本意ながら手を貸す形になるのが我慢ならないといったところだろう。

(文句はユリアン王太子に言ってよね)

この状況までベアトリスのせいにされてはたまらない。

といっても、彼にはこれからたくさん魔獣を退治してもらわなくてはならない。

ベアトリスは目的のため、ツェザールを刺激しないよう空気になることに徹した。

討伐は班ごとに時間差で出発する。森の中には魔法学院の教師がところどころで警備している。基本的に助けてはもらえないが、危険が迫った場合にのみ介入するという話だった。

(訓練はしっかり管理されているみたいだし、魔獣はユリアン王太子たちがなんとかすると約束してくれてるんだからそれほど怖がる必要はない。落ち着かないと)

早くもドキドキとうるさい心臓を落ち着かせようと、ベアトリスは深呼吸する。

「もしかして怖いのですか？」

普段は無口な側近ゲオルグがあきれたように声をかけてきた。

（あたり前じゃない！）

ベアトリスはそう言いたい気持ちを抑えて、曖昧に微笑んだ。

「い、いえ大丈夫です」

「まあそうですよね。武門の名家クロイツァー公爵家の令嬢が、この程度で恐れるはずがありません」

（これ、絶対に嫌みだわ）

ゲオルグは洞察力が高そうだから、ベアトリスがびくびくしていることにとっくに気づいているのだろう。

（仕方ないでしょ、以前と違って今の私は臆病なんだから）

ぷいっとそっぽを向くと、今度はなぜかベアトリスを見ていたユリアンと目が合ってしまった。

（な、なんでこっちを見ているの？）

彼もばかにしてくるのだろうか。

（王太子の婚約者なのに情けないって文句を言われるのかな）

しかしユリアンは意外にも心配そうな表情になった。

「出発まで時間がある。少し休んだらどうだ？」

「い、いえ……大丈夫です」

思いがけず優しい言葉に驚いた。ユリアンは少し困ったように眉を下げてからベアトリスに近づき、耳もとでささやく。

「心配しなくていい。俺が君を危険な目には遭わせないから」

「……え？」

（今、なんて？）

信じられないセリフが聞こえた気がして、ベアトリスは目を瞬く。

ユリアンはそんなベアトリスの様子を見て小さく笑うと、去っていった。

（な、なんであんな言葉を……）

ベアトリスはぼうぜんとすらりとしたうしろ姿を見送る。

胸に生まれた騒めきがなかなか収まらなかった。

「ベアトリス、出発までの間、近くを見て回らない？　向こうには綺麗な泉があるんですって」

「あ、うん……」

カロリーネに誘われてベアトリスは村の中を見て回る。

「深淵の森って魔獣が出るし名前のせいか少し怖い印象があったけど、この村はのんびりした雰囲気で影響を受けていなそうね」

「うん、そうだね」

カロリーネの言葉にうなずきながらも、頭の中では先ほどのユリアンの言葉が何度も蘇っていた。

(『俺が君を危険な目には遭わせない』って言ってたよね)

まるで普通の婚約者同士の会話のようだった。

ユリアンとベアトリスの間柄では決してないであろうセリフ。

(……きっと私を安心させるために大げさに言ったんだよね？　婚約者としての義務だわ。それに今は聖女様捜しに協力しているから気を使っているのよ。でも……)

あのとき、心から心配してくれているように感じたのだ。

(そんなことがあるはずないか。ユリアン王太子は私を嫌っているんだから……でもそれならあの態度はなんだったのかな)

考えてもユリアンの胸中などわかるはずがないが、怖いとばかり思っていた彼の優しい一面を見て、ベアトリスは動揺していた。

(そういえば、あのとき〝俺〟って言ってたよね。あんな言葉遣いをするなんて意外だった。印象が違う感じがするのはそのせいもあるのかも)

悶々と考えていると、カロリーネがベアトリスの顔を覗《のぞ》き込んできた。

「ベアトリス、さっきから上の空ね」

「え？　そんなことは……」

「あるよ。さっき王太子殿下になにか言われていたけど、関係している？」

カロリーネの勘のよさにドキリとした。

(な、なんて鋭いの？)

「俺が守るから大丈夫だよって言われたのかな？」

「え？　聞こえてたの？」

「ううん。なんとなくそうじゃないのかなって。あたりみたいね、よかったじゃない」

「と、特別意味がある言葉じゃないわ……同じ班だから、声くらいかけてやらないとって思われたんでしょう」

カロリーネは少し驚いたようだった。

「そんなことないわ。王太子殿下は普段からベアトリスを気遣っているじゃない」

カロリーネの口から出た信じられない言葉に、ベアトリスはポカンと口を開いた。

「カロリーネ、大丈夫?」

もしかして目がおかしくなってしまったのだろうか。

「私の目を疑っているみたいだけど、勘違いしているのはベアトリスの方よ」

「勘違いって?」

「王太子殿下は普段からベアトリスの様子をよく見ているわよ。心配されているんじゃないかしら」

「見ているって本当に?」

カロリーネはうなずく。

「……知らなかった。でもそれは見張っているのよ、私がまたなにか変なことをしないか。一応婚約者だし、ハラハラしているんじゃないのかな」

召喚式でもすぐにベアトリスの前に現れて小言を言っていたし。

「そうは思わないわ。見張ってるなら厳しい視線になりそうだけど、王太子殿下のベアトリスを見る目は優しいもの」

カロリーネが嘘を言うとは思っていないが、それでも信じられなかった。

(ものすごい誤解をしているようね)

「あら、この辺りが村の中心地かしら。お店があるわ」

「そうみたい。カロリーネ、少し寄ってもいい？」

「ええ、もちろん」

　ベアトリスはいまだ落ち着かない気持ちを無理やり切り替えた。

（ユリアン王太子の態度を気にしている暇はないわ。聖女様の手がかりがないか探らないと）

　運よく本人が見つかるのが一番だが、それは難しいだろう。

　ベアトリスは店番をしている二十代と思われる女性に、平民だった頃のくだけた口調で気軽に声をかけた。世間話のついでに情報収集する作戦だ。

　カロリーネは少し驚いていたものの、ベアトリスがおしゃべりを楽しんでいると受け止めたようで、自分も話に加わり時間が許す限り付き合ってくれたが、残念ながら聖女の手がかりはなにも見つけられなかった。


　ユリアンとゲオルグ、ツェザール。そしてカロリーネとベアトリスの五人は、深淵の森の中を順調に進んでいた。

　ときどき魔獣が襲ってくるものの、ユリアンたちが精霊の力を借りながら楽々倒している。

とくにユリアンの氷の魔法は、狂暴な魔獣をも瞬時に凍らせる威力で圧巻だった。

ゲオルグとツェザールも、それぞれ得意な土と風の魔法で討伐数を重ねる。

カロリーネの得意魔法は、戦闘よりも後方支援向きのため、圧勝している今は目立った活躍はなかった。

唯一の活躍は、蛇形の魔獣に驚き慌てて転んでしまったベアトリスの膝の擦り傷を治癒してくれたときだ。

その様子はほかの三人にも見られて、あきれられたのは言うまでもない。

ちなみにピピは森に入ってしばらくは楽しそうに飛び回っていたが、魔獣と遭遇した途端『ぴぃ！』と大慌てでベアトリスの服の内ポケットに避難して、それ以来じっと丸まって出てこない。怖がりなところはベアトリスとそっくりだ。

そのようにとくに問題なく訓練を進めていたが、そろそろ折り返し地点に差しかかる頃、ベアトリスはふと違和感を覚えて首をかしげた。

（なんだか見覚えがあるような……）

前世も含めて深淵の森の奥深くに来るのは初めてだから気のせいだろう。もしくは別の森と似ていると感じているか。

しかしそう考えても既視感は拭えない。さらに進むに連れて、とても嫌な予感が込み上げてきた。

今すぐ走って引き返したくなるような不安感。

ただ魔獣が怖いからというのとは違う気がする。

「ベアトリス？　どうしたの？」

カロリーネの声が耳に届きベアトリスはびくりとする。その様子を見たカロリーネは心配そうに顔を曇らせた。

「顔色が悪いわ。もしかして気分が悪い？」

「いえ、そうじゃないんだけど」

（カロリーネはなにも感じていないのかな）

先を行くユリアンたちもためらいがないように見える。彼らもカロリーネも強い魔力を持っているから、この得体の知れない不安感がないのだろうか。

これ以上進みたくなかった。けれど引き返したいなんて言えるはずがない。ユリアンたちは訓練の後も聖女の手がかりを探すはずだし、優秀なカロリーネの成績の足を引っ張ることになる。

（どこかに先生もいるはずだから大丈夫）

ベアトリスは必死に恐怖に耐えてユリアンたちを追って歩いていたが、折り返し地点の目前になると、肌が粟立つような恐怖が襲ってきて、思わず声をあげてしまった。

「これ以上進むのは危険だわ」

「ベアトリス？」

歩みを止めたベアトリスを、カロリーネが困惑した様子で見た。

大きな声だったのでユリアンたちにもしっかり聞こえたようで、彼らは怪訝な顔で振り返った。

「クロイツァー公爵令嬢？」

ユリアンはカロリーネと同じような表情だった。しかし側近ふたりはあきらかにいら立っている。

「魔獣が怖いのなら目をつむっていてもかまいませんよ」

「どうせ戦力にならないからな」

「あ、あの、そうじゃなくて……」

ふたりに非難されて萎縮してしまい、うまく言葉が出てこない。

するとと信じられないことにユリアンがベアトリスをかばうように間に入り、ふたりからの冷たい視線を遮ってくれた。

「ゲオルグ、ツェザールそこまでだ」

「ユリアン？　どうしてかばうんだ？」

ツェザールが食ってかかる。

「彼女が怖がるのも無理ない環境だ。責める必要はないだろう」

ユリアンはまだなにか言いたそうなツェザールたちの話を聞かずに振り向き、ベアトリスを見下ろした。

「クロイツァー公爵令嬢。不安になるのはわかるが、ここで立ち止まる方が危険だ。もう少し耐えてくれ」

「は、はい。申し訳ありません」

まだ怖い気持ちはなくなっていない。それでもユリアンの落ち着いた声を聞いていたら少し気持ちが楽になった。

「クロイツァー公爵令嬢とカロリーネ嬢は、私たちのすぐ後についてきてくれ。離れているとなにかあったときに対処が遅れる」

「はい」

カロリーネとともに、言われた通りユリアンたちのうしろについていく。

「ベアトリス、私もついているから大丈夫だからね」

「ありがとう、カロリーネ」

優しい友人の言葉に、ベアトリスは微笑む。それからユリアンのすっと背筋の伸びたうしろ姿を見つめた。

（厳しくて怖い人だと思ってたけど、間違っていたみたい）

本当はとても優しくて気遣いがある人なのだ。

（あとでお礼を言いたいな）

無事に森を抜けたら、声をかけてみよう。

そう考えたそのとき、背筋をぞわっと悪寒が走る。

先ほどまで感じていた恐怖が凝縮して襲ってきたような感覚に、ベアトリスはその場で立ち止まった。

心臓がバクバク音を立てている。そのときユリアンの足もとが鈍い銀色に光るのが見えた。

光は瞬く間に円を描き見覚えのある模様に変わっていく……ベアトリスはとっさにユリアンめがけて走り出した。

彼の足もとに現れた光の円が描く模様は、転移門に刻まれていた印と同じものに見えた。おそらく転移の力が込められた魔法陣だ。それがなぜ森の中に突然現れたのかはわからない。

（このままだとユリアン王太子がどこかに飛ばされるかも！）

とにかくあの魔法陣の中にいてはだめだ。説明している暇などなく突撃して彼を魔法陣から押し出そうとしたそのとき、思いがけなくユリアンがくるりと振り返った。

「ええっ？」

勢いづいたベアトリスは止まれずにそのまま逞《たくま》しい彼の胸に飛び込んでしまう。

「クロイツァー公爵令嬢？」

ベアトリスの体あたりを正面から受け止めても、ユリアンはびくともせずに、心配そうな声をかけてきた。つまりその場から一歩も動いていないということだ。

「に、逃げて！」

足もとが輝くのを見てベアトリスは叫んだが、時すでに遅く魔法が発動した。

「ユリアン！」

「ベアトリス？」

カロリーネたちの慌てた声を聞きながら、ベアトリスは体がよじれるような耐えがたい感覚に襲われてそのまま意識を失った。

「――クロイツァー公爵令嬢」

遠くで声がする。不安そうなつらそうな。

「ベアトリス！」

ひと際大きな声が頭の中に響き、ベアトリスははっと目を開けた。

鮮やかなサファイアブルーの瞳と視線が重なる。

「ユリアン王太子殿下？」

「どこか痛むところは？」

ユリアンは一瞬ほっとした表情を浮かべたが、すぐに油断ない目つきでベアトリスの体を眺めてくる。

「痛むところ？」

ぼんやりしていた頭がだんだん覚醒して、鈍かった体の感覚が戻ってきた。

なんとか状況把握をする。

ベアトリスは地面の上に横たわっていて、隣でユリアンが地面に膝をついていた。

「……大丈夫です」

ベアトリスはゆっくり上半身を起こした。体の痛みはまったくない。

「それよりもここは……」

森の中にいるが、先ほどとは雰囲気が違っていた。

さらに森の奥深くに迷い込んだのか、辺りは薄暗く、大きく枝を張り巡らせた木の根があちこちに張っている。

「立てるか？」

「はい」

ユリアンに問われうなずくと、彼はベアトリスの手を取って立つのを助けてくれた。

「ありがとうございます」

ユリアンがわずかにうなずいてから、警戒した表情で周囲を見回した。

「転移の魔法が発動して飛ばされたのは覚えているか？」

「はい。そのショックで気を失ったみたいです。王太子殿下は大丈夫ですか？」

「ああ。だがここがどこなのかはわからない」

ユリアンは深刻そうに目を細めた。ベアトリスは再び周囲を見回す。

「手がかりになりそうなものがないですね」

視界の先にはどこまでも鬱蒼とした森が続いている。

「森の中にはいざというときのために教師が配置されているんですよね？」

ユリアンは残念そうに首を横に振ってみせた。

「この状況は想定外で危険を伴うものだ。近くにいたらすでに駆けつけているだろう」

「……では自力で脱出するしかないですね。出口はどの方向なんでしょうか」

先ほどまでは地図を見て進んでいたが、現在地も方位磁石もない今、途方に暮れる。

困惑しているとユリアンが絶望的な発言をした。

「ここが深淵の森の中とは限らない」

「ええっ?」

ベアトリスは大きく目を見開く。

「転移の際に感じた魔力は、クロイツァー公爵令嬢が魔力酔いをするほどのもの。相当な力が込められていたはずだ。仮に大魔導士レベルなら、国境を越えるほどの距離の移動が可能になる」

「そ、そんな……」

そういえば学院から深淵の森の近くまで飛んだときは問題なかった。ということは、それ以上の距離を転移した可能性が高くなる。

「どうすればいいんでしょうか」

ベアトリスは不安のあまり肩を落としてつぶやいた。

カロリーネたちが捜索してくれているだろうが、他国にいるなんて思わないだろう。

「待っていても助けが来る望みは薄い。現状を知るためにも、まずはこの森から出るのが先決だ」

「はい。でもどちらに行けばいいんでしょうか」

「先に進もう。いつ魔獣が出てくるかわからないから注意するんだ」

これは討伐訓練ではなく実戦だ。ベアトリスはごくりと息をのむ。

「行こう」

「はい」

訓練のときと同じようにユリアンの後について進む。

森の中はとても静かだった。心配していた魔獣は今のところ気配を感じない。

そうすると静寂が気になり始める。

（なにか話しかけた方がいいかな……でもユリアン王太子と会話が弾むような話題なんて思いつかないし）

結局無言のまま歩き続ける。

辺りの景色に変化はなく、延々と緑の木々が続いているだけだ。

（本当に森から出られるのかな）

優秀なユリアンの判断なのだから今の道の選択が最善なのだろうが、このままずっと迷子なのではと不安が込み上げる。

疲労がたまってきているから余計に弱気になるのだろう。

どれくらいの時間が経ったのか、だんだんと頭がぼうっとしてきたとき、ふいにユリアンが立ち止まった。ベアトリスも彼にならう。

「王太子殿下、どうし……」

「静かに、身動きするな」

あきらかに警戒する声だった。ベアトリスが息をのむ。込み上げる緊張で心臓がドクドク脈を打ち始める。

森の奥からすごい勢いでなにかが突進してきた。獣の叫び声が耳に届くのと同時に、ユリアンがすばやく構えた剣を振るい、獣を一撃で倒した。

しかしそれが合図になったかのように森の中から次々と狼に似た獣が現れた。普通の狼と違い角があるし、かなりの大きさであることから間違いなく魔獣だ。ぱっと見ただけでも十体はいて、ベアトリスは血の気が引く思いがした。

「動けるか？」

ユリアンは油断なく前を見すえながら、ベアトリスに問う。

（む、無理だわ）

恐怖で体が動かない。そんな自分を心底情けなく思いながら、ぎこちなく首を横に振る。

「わかった。そこから絶対に動くな。必ず守るから安心しろ」

ユリアンはそう言うと、目にも留まらない速さで魔獣の群れに向かっていく。

獣たちが雄たけびをあげて、ユリアンに攻撃を始めた。

訓練で倒した魔獣とは段違いに速い動きだが、ユリアンは怯まずに迎え撃つ。

自分の体よりも大きな魔獣の攻撃を剣で受け止めて、打ち返す。

一体倒した後は魔獣の攻撃がさらに激化して、驚くほどの速度での攻防になっていった。ベアトリスの動体視力ではなにが起きているか把握しきれないが、ときどき周囲が白く凍るのはユリアンの氷魔法だろう。

広範囲を凍りつかせる氷の威力は怖いほどだが、なぜかベアトリスには魔獣も魔法の余波も近づくことはなかった。

どれくらいの時間が経ったのか、魔獣は残り三体にまで減っていた。ユリアンは高く飛び上がると地面に向けて氷を放ち、残りの魔獣にとどめを刺した。

辺りに静寂が戻る。ユリアンは剣を鞘《さや》にしまうと、額の汗を乱暴に腕で拭った。深淵の森で魔獣と戦っていたときの涼しげな様子とは違い、多少疲れが見える。それほどこの魔獣が手ごわいということだろう。

（でも、ユリアン王太子はフェンリルを呼ばずに自分の魔力だけで戦っていたわ。どうしてなのかしら）

疑問に思いながらも、ベアトリスは魔獣の血のにおいが充満する中ユリアンのもとに駆けつけた。

「王太子殿下！」

「……クロイツァー公爵令嬢。けがはないな？」

ユリアンはベアトリスの様子を一瞥しながら確認する。

「はい。王太子殿下は？」

「かすり傷程度だ」

ユリアンの頬には小さな傷があり血が滲んでいた。体のほかの部分も同じような状態だろう。

「……申し訳ありません。王太子殿下ひとりに戦わせてしまって」

ともに戦うことも治癒魔法で癒すことも、なにもできない自分が情けなくて苦しい。

「いい。それよりも移動しよう。ほかの魔獣が寄ってくる可能性は低いが、陽が落ちてからの移動は危険だ。どこか休める場所を探さなくては」

「はい。でもどうしてほかの魔獣が来ないとわかるんですか？」

「今倒した魔獣がこの辺りでは一番強い種族と思われるからだ」

ユリアンが言うには、狼形の魔獣に襲われるだいぶ前から、一定の距離を取ってこちらを監視している気配を感じていたそうだ。

しかしどれもたいした強さではなく、放っておいても問題ないと相手にしていなかった。

ひと際強い力を感じる魔獣を退治して以降、監視の気配は消えたそうだ。

つまり、ユリアンの方が強いと魔獣は本能的に察して逃げたということだ。

「ただこの森には通常の獣がいるかもしれないし、そうでなくても暗いところを歩き事故を起こすわけにはいかない」

「そうですね」

魔獣については詳しくないが、森に入る際の注意点などは前世の記憶のおかげである程度の知識はある。

ユリアンは魔獣の死骸から漂う血のにおいを遮断するためか、すべてを凍らせてから歩き出す。

しばらく行くと小さな泉を発見した。

「湧き水みたいですね」

意識していなかったが、清涼な水を見たら一気に喉の渇きを覚えた。

ベアトリスは両手ですくってひと口飲む。ひんやりした水が喉を通っていった。

「おい、いきなり飲むやつがあるか！」

ユリアンが慌てた様子でベアトリスの手を掴む。残っていた水がぱしゃりと地面に落ちた。

「え？」

驚くベアトリスに、ユリアンはしかめた顔で言う。

「有害な水だったらどうするんだ？」

「あ……申し訳ありません。うっかりしていて」

「うっかり？」

ユリアンは驚きの顔になる。王族の彼からしたらありえないのだろう。

でもロゼの記憶があるベアトリスにとっては、ごく自然な行動だった。

（平民には毒見係なんていないもの）

どんなときでも自分の経験と勘で判断するしかない。

「幸いこの水は問題ないようです」

　ユリアンはじっと湧き水を眺めていたが、しばらくすると大きな手で水を汲み口に運んだ。彼もかなり喉が渇いていたようで、ごくごくと飲んでいる。

　男らしい喉ぼとけが動くのを見て、ベアトリスはどきりとした。

「この辺りは野営にちょうどよさそうだな。進むのはここまでにして、陽が昇ったらまた先を進もう」

「はい」

「……なにをしているんだ？」

　湧き水のそばでしゃがみ込んでいたベアトリスに、ユリアンが尋ねる。

「ハンカチを水に浸していました」

　けがをしたときに手あてに使ったりなにかを包んだりと、あれば重宝すると思って鞄に何枚か詰めてきた。すべてベアトリスがあまり布を適当に切って作ったので飾り気がなく、気軽に使えるものだ。

　ベアトリスは水気を軽く絞り、ユリアンに差し出す。

「よかったらこれで顔など汚れがついたところをお拭きください」

「あ、ああ……すまない」

　ユリアンは戸惑いながらもベアトリスからハンカチを受け取り、顔を拭く。傷の血は止まっていたようで、拭き取るとそれ以上滲むことはなかった。

ベアトリスはいったん布を受け取り、綺麗に洗うと再びユリアンに渡す。

「どうぞお使いください」

ユリアンが受け取ったのを見てから、ゆっくり辺りを見回した。

今晩野宿するのなら、少しでもユリアンが休みやすいように環境を整えなくてはならない。足手まといで迷惑をかけ通しなのだ。せめて少しでも役に立ちたい。

(よし！　がんばるわよ！)

「あの辺りで休みますか？」

ベアトリスはすばやく周囲を見回してから大きな木の下を指さした。雨が降っても立派な枝葉が傘の役目を果たしてくれそうだし、見通しがいいのでなにかあったらすぐに対応できる。しかも地面が比較的平らで休みやすそうだ。

「そうだな」

ユリアンも適当だと思ったようだが、ふと眉をしかめる。

「気温が下がりそうだ」

「そうですね」

このままでは魔獣に襲われる前に凍死しそうだ。

ベアトリスはキョロキョロしてから、目あてのものを見つけて駆け出した。

「おい！」

ユリアンに呼びかけられたが止まらず、視界に入った石と枝をせっせと拾い集める。

両手にかかえる量になると一度ユリアンのもとに戻った。

「なにをしているんだ？」

「ここに竈《かまど》を作ろうと思いまして」

「竈？」

「獣は火を嫌いますし、体が温まりますし、食料には火を通した方が安心ですから」

「食料？　クロイツァー公爵令嬢、なにを言って……」

驚くユリアンの前で、ベアトリスはてきぱきと石を積み上げて竈を作る。

大きな枝を並べ、中央には細い枝をのせる。

「これでよしっと」

続いて祈るように手を組み、炎よ来たれと強く念じる。

すると竈の中にとても小さな火が生まれ、細い枝に少しずつ燃え広がり大きくなっていく。今ベアトリスが使える唯一の魔法、〝蝋燭に火をともす〟を応用したものだ。

こんな小さな火なのに発動までに時間がかかり、しかもなぜか祈りの姿勢を取らないといけないので、実戦にはまったく使えない。しかし今ようやく役に立った。

「……今のはクロイツァー公爵令嬢の魔法か？」

ユリアンが怪訝そうにつぶやく。

「はい。ユリアン王太子殿下のすごい氷魔法を見た後だと恥ずかしいのですが」

ユリアンはなにか言いたそうに口を開く。けれど結局なにも言葉にしなかった。

（きっと、あまりのしょぼさにフォローの言葉も出てこないのね）

その気持ちはわかりますと思いながら、ベアトリスは立ち上がり辺りをウロウロし始めた。しばらくして、落ちていた枝を使い木の根もとを掘り始める。

「なにをしているんだ？」

ユリアンがやって来て、ベアトリスの手もとを覗き込む。しかしなにをしているのかわからない様子だ。

「お芋を掘っているんです」

「なんだと？」

ベアトリスは周囲を掘って抜きやすくした芋をえいっと引き抜いた。

長くてしっかりした芋が現れて、ユリアンは絶句する。

「このお芋は栄養があるし、もっちりした食感でおなかにたまるんです」

「芋？　なぜここに……」

「さっき歩いているときよく見かけたので、この辺りにもあるかもしれないと思って探してみました。近くにあって幸いでした」

ベアトリスはあぜんとするユリアンに笑顔で答えてから、大きめの葉の上に芋を置いた。バッグから小さなナイフを取り出して器用に皮をむき、適当な大きさにカットする。それから竈の火で炙った枝に刺してそれを竈に並べた。

ユリアンは一連の作業を無言でじっと見つめていた。

「ちょうどよく焼き上がりました。王太子殿下のお口には合わないとは思いますが、なにか食べないと力が出ませんので」

「あ、ああ……ありがとう」

焼いた芋と湧き水という、普段のユリアンからは考えられないような食事なのに、彼は文句を言わずに受け取り、こわごわながらも口に入れる。

すると驚いたように目を丸くした。

「うまいな」

「本当ですか？　よかったです」

ベアトリスもひと口食べる。ほくほくした食感と自然の甘味が口の中に広がった。

同時に懐かしさが込み上げる。

(ロゼのときに孤児院のみんなとよく食べたな)

食料不足のとき、シスターと森に入って集めて夕食にした。ほかになにもない食卓だったけれど、小さな子どもたちも喜んで貧しいながら楽しいひとときだった。

前世の記憶がいつになく鮮やかに蘇る。

『……私、お芋初めて食べました。おいしい』

とてもうれしそうに小さな手を口に添えて微笑んだ子がいた。

『あら初めてなの？　これは茹でてつぶしてもおいしいのよ。今度作ってあげるね』

ロゼがよく面倒を見ていた子。どこか浮世離れした、珍しい雰囲気を持つ子どもだった。

(あの子はなんていう名前だったかしら)

今思うと、没落した貴族の子どもだったのかもしれない。

平民だったら頻繁に食べる機会がある芋を、初めて食べると言っていたのだから。

「クロイツァー公爵令嬢、どうした？」

ぼんやりしているように見えたのか、ユリアンが心配そうに声をかけてきた。

「いえ、少し昔を思い出していたんです」

「昔？　……そういえば、クロイツァー公爵令嬢と出会って、もう十年以上になるな」

　ユリアンは懐かしそうに目を細めた。

　焚火のオレンジの炎が表情をやわらかく見せるのだろうか。彼との間には壁も溝もなく、気安い空気が流れているような気がした。ベアトリスは微笑んだ。

「初めて王太子殿下に会ったとき、私はとても緊張していて、実はおなかが痛くなってしまったんです」

　ロゼの記憶を持つようになってベアトリスの記憶は薄まっているけれど、今ふと思い出した。

「そうなのか？　そのようには見えなかったな」

　ユリアンが目を丸くして驚く。

「平気なふりをしていましたから。でも練習したようにうまく笑えなくて、公爵邸に帰ってから悔しくて悲しくて泣きました」

「泣いた？」

「はい。王太子殿下に嫌われてしまったって。あの頃は仲よくしたら王太子殿下の婚約者になれるんだと思っていたんです。政略結婚の意味をよくわかっていませんでしたから」

実際はベアトリスがどんな失敗をしても、王太子の婚約者になると決まっていた。

ユリアンが王位を継ぐためには、クロイツァー公爵家のうしろ盾が必要だからだ。

だからこれまでベアトリスがどんなにひどい行動をしても、婚約破棄にまでは至らなかったのだ。

ただ幼い頃はそんなしがらみを知るはずもなく、彼の態度に一喜一憂していた。

(そう考えると、以前の私は初めからユリアン王太子が好きだったのね)

それなのになぜ険悪な関係になってしまったのかは謎だが。好きならもっと素直になって優しい態度を取ればよかったのに。自分のことなのだが、今となっては理解が難しい。

「意外だな」

ユリアンがぽつりと言った。

「そうですか?」

「ああ。私は初対面のときからよく思われていないと思っていた」

「そんなことはないですよ。憧れの王太子殿下とのお茶会だって、数日前から眠れないくらい楽しみにしていたんですから。それで体調を崩してしまったのですけど」

にこりと笑って告げると、ユリアンは戸惑ったように目を逸らした。

「そ、そうか……。幼い頃は好感を持ってくれていたんだな」

「幼い頃だけでなく今もですよ」

ベアトリスはユリアンの意外な発言に少しだけ首をかしげる。

「え……」

ユリアンが再びベアトリスを見つめる。

「王太子殿下はすごいと思います。学院での成績は最高だし、身分を問わず誰にでも優しいし、それにとても素敵です。召喚式のときのフェンリルを従えている姿を見たときは、息が止まりそうになるほどかっこいいと思いました。まさに王子様といった様子で」

客観的に見て、欠点が見あたらない素晴らしい人だ。

(私は怖い気持ちの方が大きかったけどね)

彼に怒られて恐怖を感じていなかったら、ベアトリスも好きになっていたと思う。

嫌われていると気づくのが早かったため、変に恋心を持たずに済んだ。

(今思うと、怖い思いをしてよかったかもしれない)

ユリアンを好きになっていたら、婚約破棄されるときに傷ついただろう。未来の彼の妃になる聖女捜しなんて受けられなかったはず。

今はこうして気さくに話せているし、結果としてとてもいい関係になれた。

ベアトリスは内心満足して、うんうんとうなずく。そのときユリアンの様子がおかしいことに気がついた。

「王太子殿下、どうなさったんですか?」

ユリアンがベアトリスから完全に視線を逸らし、地面をじっと見つめていたのだ。

「もしかして、気分が悪いのですか?」

「い、いや、少し居たたまれなくなった……」

後半は彼らしくない小さな声で、うまく聞き取れない。ベアトリスは小さく首をかしげた。

「居たたまれないとはどういう意味でしょうか?」

ユリアンは大きく深呼吸をして、それからベアトリスと向き合った。

焚火のせいでずいぶんと顔が赤く見える。

「なんでもないんだ。もう大丈夫」

「そうですか……あ、お代わりが焼き上がりましたよ。どうぞ」

ベアトリスは最後の串焼きをユリアンに差し出す。彼はなにかを考えているような表情でベアトリスを見つめていたが、以前のような厳しさは少しも感じなかった。

その後、交代で休もうとしたとき、突然ピピが飛び出してきた。

「ピピ！」

それまで内ポケットの中でとても静かに眠っていたというのに。

「ピピ、どうしたの？　あ、おなかが空いたのかな？」

掘った芋はすべて食べてしまった。どうしようかと思っていると、ベアトリスの手のひらにのるピピが違うとでもいうように、ふるふると体を左右に振る。

「きゅきゅ」

ピピはなにか伝えたそうにベアトリスの目線の高さに飛び始めた。どうやら森の奥に行きたいと訴えているようだ。

「だめよ。夜に移動するのは危ないから」

ベアトリスがピピを両手でそっと掴もうとすると、ユリアンが「待て」と焦ったように止めた。

「クロイツァー公爵令嬢、どうやって精霊を呼んだんだ？」

なぜかユリアンは驚愕している。

「あの、呼んだというより、この子はいつも私のそばにいるんです」

ベアトリスは内心首をかしげながらも正直に答えた。

ユリアンは目を見開く。

「ならば、ここに転移してきたときからクロイツァー公爵令嬢の服の中にいたのか?」

「は、はい」

なぜそんなに驚くのだろう。困惑するベアトリスにユリアンが答える。

「この森に入ってからフェンリルを呼び出せない」

「えっ?」

フェンリルとはユリアンの召喚する氷狼だ。

「不安にさせたくなくて黙っていたが、ここには精霊を排除しようとするなにかがあるようだ」

「あ……だからここが深淵の森ではないと気づいていたんですね」

ユリアンの口ぶりは初めから断言に近かった。ベアトリスに言わなかっただけで確信していたのだろう。

(そういえば狼形の魔獣と戦っているときも、フェンリルを呼び出さなかった)

呼び出したくても、不可能だったのだ。

(そんな中でも私をかばってくれたのね)

ベアトリスの胸の中に感謝の気持ちが生まれた。この討伐訓練が始まってから彼の印象がどんどん変化していく。

「あの……王太子殿下、フェンリルを呼べない中、私などを守ってくださってありがとうございました」

ユリアンを見つめ素直に気持ちを伝えると、彼ははっとしたようにベアトリスを見つめる。

「王太子殿下、どうされました？」

「いや……気にしなくていい。私が君を守るのは当然だ」

ユリアンは名ばかりの婚約者に対しても責任感が強いようだ。

「それでもありがとうございます」

笑顔を向ければ、ユリアン王太子の表情に動揺が浮かんだ。

（今日のユリアン王太子は表情豊かだわ）

この特別な環境がそうさせるのだろうか。ユリアンはしばらく無言だったが、やがてなにかを決心したような顔で口を開く。

「……ベアトリス」

「え？」

「これからはベアトリスと呼ぼう」

「は、はい」

もちろんかまわないが、なぜ彼が急にそんなことを言い出したのかがわからない。

戸惑っていると、ピピが痺《しび》れを切らしたように鳴きだす。

「ぴぴ！　ぴぴ！」

「あ、ピピ、どうしたの？」

普段はこんなに我が強くないのに。

「もしかしたら向こうになにかあるのかもしれない」

ユリアンが真剣な目で、ピピが目指そうとしている森の奥を見遣る。

「精霊は私たち人よりもはるかに感覚が鋭い」

「ピピは私たちが気づかないなにかを見つけているのですか？」

「行こう」

ユリアンは意を決したように立ち上がる。

「ベアトリスは俺のすぐそばに」

「は、はい」

ごく自然に出たベアトリスという呼び方に、どきりと鼓動が跳ねた。

彼との距離が一気に近くなったような錯覚に陥ったからだ。しかし動揺したのはそれだけではなかった。

ユリアンがベアトリスの手を掴み、ギュッと握ったのだ。

「お、王太子殿下……」

「ユリアンでいい」

ユリアンはベアトリスを見下ろし短く言う。

「……はい。ユリアン様」

命の危険すらある森の中という状況なのに、ベアトリスの心臓は別の意味で忙しなく鼓動を打っている。

つないだ手から恐怖とは違う緊張を感じていると伝わってしまいそうで、ベアトリスは落ち着くことができなかった。

それでもピピの後を追い、森の奥に進んでいく。

(この景色に見覚えがあるわ)

ベアトリスは戸惑いながら周囲に視線を巡らせる。なぜか来たことがあるような気がするのだ。しかしいつどのような状況だったのかは、どう考えても思い出せない。

しばらく周囲を観察しているうちに、ますます確信を深めた。

（やっぱりここに来たことがある）

ベアトリスは少し迷ってから、ユリアンにその事実を伝えた。

「見覚えがあるって本当か？」

「はい、なぜかはわからないのですが」

「ならば、出口がわかるのか？」

「いえ、それは。でも近くにここに飛ばされてきたときのような、転移の魔法陣がある気がするんです」

「魔法陣が？」

ユリアンは訝しげな顔をしながらも、ベアトリスの言葉に耳を傾けてくれる。

「ちょうどピピが飛ぶ方向です。この大きな洞《ほら》がある木を横目に進むと、獣道がふた股に分かれているはずなんです」

少し進むとベアトリスの言った通りの分かれ道が現れた。ユリアンは息をのむ。

ピピが突然、ベアトリスのもとに戻ってきた。いつも通り内ポケットに収まる。

「案内は終わりということか……。ベアトリス、道はわかるか？」

「はい。左に進んで、その先に転移の魔法陣があります」

ユリアンはなにか言いたそうにしながらも、黙ってベアトリスの隣を歩いている。

やがて、銀色の淡い光を放つ魔法陣が見えてきた。

「あったわ！」

ベアトリスはうれしくなって駆け寄ろうとするが、ユリアンに腕を取られた。

「待て」

「ユリアン様？」

「この魔法陣はどこに転移するんだ？」

「どこに……？」

ベアトリスは首をかしげた。言われてみれば以前この魔法陣でどこかへ転移したような気がするが、その後どうなったかの記憶がない。

「具体的な場所はわからないです」

脱出できるかもしれないと期待を持ったが、これを使うのは無理だと思った。行き先が分らないのに王太子をのせるわけにはいかない。

「どうしましょうか……」

ユリアンは地面に視線を落とし考えているが、そう時間をかけずに決断した様子だった。

「転移してみよう」

「えっ、いいんですか？」

「精霊を呼べないこの場は我々にとって最悪の環境だ。森から抜け出せる保証もない。この魔法陣にかけてみよう」

「わかりました」

現状がすでに最悪だから、やっと見えた突破口にかけようということか。

ユリアンはベアトリスの肩を抱き寄せる。

「……あの？」

「なにが起きるかわからないから用心した方がいい。私のそばにいろ」

「は、はい」

緊急事態だからの言葉だとわかっているのに、思わずドキリとしてしまった。

ベアトリスは頬が赤くなっているのを自覚しながら、逞しいユリアンの体に身を寄せる。

「行くぞ」

「はい」

ユリアンと一緒に魔法陣に入る。瞬く間に目の前が銀色に輝き、体がフワリと浮くような感覚に襲われる。しかもここに飛ばされたときよりも激しい感覚で、体がどこかに飛ばされそうな恐怖と気持ち悪さでどうかしそうになる。

（もうだめ）

そのとき、バラバラになりそうだと感じていた体をつなぎ合わせるようにぎゅっと抱きしめられる。

ユリアンの力強い腕に守られて、ベアトリスは安心して目を閉じた。


「ベアトリス！」

突然大きな声で名前を呼ばれて、ベアトリスはびくりと体を震わせた。

きつくつむっていた目を開くと、目の前は濃紺一色だった。

一瞬何事かと思ったが、すぐに魔法学院の男子生徒が着る制服だと思い至り、さらに相手はユリアンだと気がついた。彼と抱き合い、広い胸に頬を寄せていたのだ。

「も、申し訳ありません！」

慌てて彼の背中に回した腕をほどき離れようとする。しかし彼はベアトリスを離さず、心配そうな目で見下ろしてきた。

「大丈夫か？　目眩《めまい》などは？」

「あ、はい。ユリアン様が支えてくださったので大丈夫です」

「そうか。よかった」

ユリアンはほっとしたように微笑む。その優しい笑みに鼓動が跳ねる。

(どうしてこんなに優しい顔を？)

目が離せなくてじっと見つめていると、ユリアンの表情にわずかな戸惑いが浮かぶ。

「ベアトリス、近いうちに……」

「ユリアン！」

ひと際大きな声が聞こえ、ユリアンに見惚れていたベアトリスははっとして声の方に目を向けた。ツェザールが血相を変えて目の前にやって来たところだった。彼のうしろにはゲオルグとカロリーネの姿も見える。

「無事か？」

ツェザールは必死の形相で、ユリアンを頭のてっぺんから足もとまで見ようとしたが、ベアトリスの存在にいら立ったのか目をつり上げた。

「いい加減に離れたらどうだ？」

眼光鋭く睨まれて、ベアトリスは慌てて離れようとする。しかしユリアンの手があってびくともしない。

(平然としているように見えるユリアン様も、内心は動揺しているのかもしれない。

私の背中から手をどかすのを忘れてしまっているくらいだもの)

「あ、あのユリアン様、腕を……」

「あ、ああ。すまない」

ベアトリスの言葉で、ユリアンは思い出したとでも言うように腕をほどく。

(やっぱり動揺されてるわ)

完全無欠の王太子殿下も、思いがけないサバイバルには参ったらしい。

「ベアトリス、大丈夫?」

ユリアンに遠慮して近づけずにいたカロリーネが、心配そうにベアトリスの様子を見る。

「ありがとう、大丈夫よ」

同じようなやり取りを、ユリアンたちの方でもしているようだった。

「なにがあった?　今までどこにいたんだ?」

ゲオルグの問いかけにユリアンが答えようとする。しかしふと空を見上げて、驚愕したように目を見開いた。

「……あれからどれくらいの時間が経っている?」

「そろそろ一時間になるが。あちこち捜しても見つからないから、応援を呼びに戻ろう」と考えていたところだ」

ゲオルグの言葉にベアトリスは「えっ」と小さな声をあげた。ユリアンは険しい表情を浮かべている。

「どうした？」

様子がおかしいと気づいたゲオルグが眉をしかめる。

「いや、戻ったら話す。訓練は中止としてまずは森を抜けよう」

ユリアンはベアトリスをちらりと見遣ってから、カロリーネを呼んだ。

「カロリーネ嬢。悪いが彼女の体力回復を頼む」

「はい」

カロリーネはすぐにウンディーネを呼び出して、ベアトリスに術をかけてくれた。

やわらかな水色の光に包まれ、それまで体を蝕んでいた疲労が徐々に消えていく。

「カロリーネ、ありがとう」

カロリーネは微笑んでうなずくと、ユリアンのもとに行き彼の回復を行った。

その後、急ぎ出口に向かう。討伐訓練も聖女捜しも中途半端な状況だがユリアンの顔に無念さはなく、それより別のことに気を取られているようだった。

第六章　惹かれていく

ダールベルク王国王太子の執務室。

ユリアンは届いたばかりの報告書に目を通すと、ほんのわずかだけ顔を曇らせた。

ベアトリスとふたりで迷い込んだ森について、信頼できる部下に調べさせているがいまだなにも判明していないのだ。

ユリアンに続いて報告書を読んだゲオルグとツェザールも、同じような反応をしている。

「深淵の森に転移の魔法陣があったという記録も情報もないか……。どうなってるんだ？」

ゲオルグが眉間にシワを寄せる。

「ないわけがないんだよ。俺たちはこの目で、ユリアンたちが飛ばされるのを見たんだからな」

「そうだな。しかも転移が恐ろしく速かった。かなりの力を持った魔導士が作った魔法陣だと考えられる」

「そうだな」

ユリアンは相づちを打った。ゲオルグの言う通り、あの魔法陣はユリアンが反応できないほど発動から転移まであっという間だった。それに、謎の森にいる間に陽が沈んだが、戻ってみると一時間経っただけだった。なんらかの力が働いたのはあきらかだ。

「引き続き調べさせてくれ」

「すでに指示してある」

ゲオルグと会話をしていると、不満そうなツェザールの顔が視界に入った。

「ツェザールどうしたんだ？」

「あの女に罰を与えないでいいのか？」

「罰？」

ツェザールの言う〝あの女〟がベアトリスなのはわかるが、なぜそんなことを言いだすのか。

ユリアンの反応にいら立ったのか、ツェザールが感情を爆発させる。

「あいつが突然つまずいてユリアンを突き飛ばしたから魔法陣に入ったんだ！　いくら公爵令嬢でも、王太子を危険な目に遭わせたんだから無罪放免ってわけにはいかないだろう？」

ツェザールの思いがけない発言に、ユリアンはわずかに目を見張る。

彼は決して洞察力がないわけではない。ただベアトリスに対しての悪感情のあまり、なにもかも悪く受け止めてしまうところがある。

それはツェザールだけでなく、学院の生徒にも言えることだった。多くの者がベアトリスの悪行を知っていて彼女を恐れている。自身や近しい者が被害を受けた者は、恐れを上回る怒りを持っていた。

彼女を疎ましく思っている者はかなり多い。ユリアンも婚約者でなかったら決して関わりたくはない人物だと思っていた。

なぜ筆頭公爵家という恵まれた家に生まれ育ちながら、責任感を持たないのか。どこまでも自分の欲望だけに忠実でいられるのか理解ができなかった。

しかし彼女はある日を境に変化した。控えめで気遣いがある優しい女性に。

滲み出ていた傲慢さはすっかり影を潜めている。

初めは演技かと疑ったが、今となっては絶対に違うと言える。むしろ現在の彼女が本物で、今までが偽りだったような気さえするのだ。

（いや、でも以前の癇癪も本気だったな）

学院内で召喚式のエスコートを頼まれてユリアンが拒否した際もベアトリスは怒り、目をつり上げていた。あのとき彼女は興奮しすぎたからか頭痛を訴えてうずくまり急に静かになったが、もしそうでなかったらユリアンが強引に黙らせるしかない状況だっただろう。

その後、断ったはずのエスコートをまた依頼する手紙が届いたため、ユリアンは断りの返事をしたためて使者に託した。その騎士が公爵家に手紙を届けたときのベアトリスの反応は本当にひどかったという。

感情を爆発させるように大声で喚き、物にあたる姿を見て、令嬢の振る舞いとは思えず戸惑ったと報告を受けた。

（そういえば、彼女がわがままを言うのを見たのはあれが最後か）

使者から話を聞いた翌日、召喚式で見たベアトリスの言動には不審な点があるものの、最初から最後までおとなしく情緒が安定した様子だった。その日以降は真面目に学業に取り組み、孤児院の支援まで進んでして。

（まるで別人だ）

外見だけは以前のベアトリスと変わりないが、中身はまったく違う人格になったと思わせるような、それほどの変化。

（そんなことあるわけないが……）

ここ最近たびたび浮かんでくる考えを下らないと否定しようとしたそのとき、ふと強い違和感を覚えた。

『この大きな洞がある木を横目に進むと、獣道がふた股に分かれているはずなんです』

強制転移した森の中で、ベアトリスは突然景色に見覚えがあると言いだした。

だが彼女は幼い頃ユリアンの婚約者となったときから、国外どころか王都からも出たことがないはずだ。

（いったいいつあの森に行ったというんだ？）

婚約が決まる前だろうか。あまりに幼かったから覚えていない点が多いのか？

それにしては道案内をする様子に迷いはなかった。かと思えば転移先を知らないと言う。

しかも彼女は討伐訓練を行う深淵の森の奥深くに行くのは初めてだと言っていた。

つまりユリアンたちが使った転移の魔法陣を使う以外の手段で、謎の森に行ったということになる。

考えてみるとなにもかもがおかしい。

（そもそもなぜ彼女はまともに魔法が使えないんだ？）

嘘をついているとは考えづらい。どんな危険が迫ろうとも、彼女は決して自分を守る魔法すら使おうとしなかったのだから。唯一見せたのは、自作の竈に火をつけた際の小指の先くらいの小さな炎の魔法のみ。

そのくせ普通の貴族令嬢では知るはずのない竈の作り方を知っていた。突然芋を掘り出したときは度肝を抜かれたものだ。

ありえないことだが、ベアトリスから逞しい生活力のようなものを感じたのだ。

別人のようになったベアトリス。

魔法は精神の影響が強く出る。魔力を失ったのもクロイツァー公爵家とはゆかりがない謎の精霊を召喚したのも……。

(本当に別人だからじゃないのか?)

ふとそんな考えが浮かび、ユリアンはぞくりと体を震わせた。

(いやまさか。それはありえない)

人を入れ替える魔法など存在しないのだから。

それでも、浮かんだ考えが頭から離れない。

「……ユリアン!」

突然耳に飛び込んできた声に、はっとした。伏せていた視線を上げると心配そうなゲオルグとツェザールの顔が映る。

「どうしたんだ？　何度呼んでも返事をしないで」

「すまない。少し考え事をしていた」

「あの女のことだよな？　ユリアンでも罰するのは難しいか？」

ツェザールが眉をひそめる。

「俺はベアトリスに罰を与えようなど考えていない。あのとき彼女はつまずいたのではなく、転移の魔法陣の存在にいち早く気づき俺を助けようとしてくれたんだ」

あの瞬間を冷静に振り返ると、そうとしか思えなかった。

背後から近づいてくる気配を察したユリアンが振り向きベアトリスを受け止めたが、気づかずに突き飛ばされていれば転移していたのはベアトリスひとりだったはずだ。

「は？　そんなわけないだろ」

ツェザールは顔をゆがめて笑う。しかしゲオルグが浮かない表情で口を開いた。

「俺もユリアンと同じ考えだ。結果的に失敗したがクロイツァー公爵令嬢は誰よりも早く転移魔法陣の存在に気づき、とっさにユリアンをかばおうとしたのだろう」

「ゲオルグまでなに言ってるんだよ、ありえないだろ？」

そう。以前のベアトリスだったら考えられない行動。しかし変わってからの彼女だったらおかしくはない。平民の子どものためにあそこまで親身になれるのだから。

子どもたちに囲まれてうれしそうにしていた様子が思い浮かぶ。カロリーネと楽しそうに笑い合う姿。ふたりきりの森の中で、ユリアンに焼いた芋を差し出したときの少し不安そうな顔。ユリアンがおいしいと言ったら微笑んだ。

常に不満をまとい、なにもかもを恨んでいるようだったかつてのベアトリスはどこにもいない。

今の彼女は表情豊かで優しく、気取らない。公爵令嬢として誰よりも華やかで気高い姿をしていながら、ふとした瞬間に素朴さを感じる、そんな人なのだ。

ベアトリスとは関わりたくないと思っていたはずだ。しかし今は彼女が気になり、目で追ってしまう。誰かに傷つけられないか心配でそばで守りたくなる。彼女は自分のものだから誰にも触れさせたくないと思う。

（この気持ちは……）

ユリアンは戸惑い、けれど認めた。

（俺はベアトリスに惹かれている）

ユリアンは小さく息をこぼしてから、ツェザールを見すえた。

「ツェザール。俺はベアトリスとの婚約を破棄しない」

「は？　な、なに言って……」

ツェザールの顔に驚愕が広がる。ゲオルグはユリアンの気持ちを察していたのか、表立った変化はない。

「お前がベアトリスに対して怒りを抱いているのはわかる。その気持ちは当然だと思う。だが彼女は変わった」

本当はツェザールだって気がついているはずだ。もう以前の傲慢なベアトリスではないと。その証拠に、ツェザールは口惜しそうに唇を噛みしめる。

「……変わったら過去の罪がなかったことになるのか？　俺はそんなの認められない」

「その気持ちは当然だ。だが今のベアトリスと向き合ってくれないか？　ミリアムの件についても今の彼女なら真摯に謝罪するはずだ」

ユリアンにとってツェザールは幼い頃からともに過ごした友人だ。この先も側近としてともに国のために働いていく、かけがえのない仲間だと思っている。だからこそベアトリスと和解してほしい。しかしツェザールは青ざめた顔で首を横に振る。

「ユリアンが婚約破棄しないなら、あの女は未来の王妃だ。俺の妹に謝罪をするはずがない。それどころか、顔を合わせたらあのときのことを思い出して罵倒してくるかもな」

「それはない、彼女は……」

ユリアンが反論しようとすると、ツェザールは身を翻して執務室から出ていってしまった。

大きな音を立てて閉まるドアを見つめながら、ユリアンはため息をついた。

「ユリアン、ツェザールの無礼を許してやってくれ」

それまで黙っていたゲオルグが落ち着いた声で言う。

「……ああ」

「あいつも混乱しているんだ。それほどにクロイツァー公爵令嬢の変化は驚くものだ」

「そうだな」

ユリアンは執務室の中央にある応接セットに移動してソファに腰を下ろす。ゲオルグも同様にユリアンの正面に座った。

「ツェザールは大事な妹を傷つけられたことで、クロイツァー公爵令嬢を心底恨んでいる。相手の立場が強すぎてろくに抗議できなかったのも、引きずる原因だろうな」

ゲオルグの言葉にユリアンはうなずいた。

「ゲオルグはベアトリスについてどう思ってる？」

「召喚式を境に激変している。癇癪を起こさなくなり、周囲を常に気遣うようになった。穏やかであからさまな陰口が聞こえても怒りを見せない。そんな態度を無理なくしている」

「そうだな……」

ベアトリスが以前と違い表立って悪く言われているのにユリアンも気づいていた。召喚を失敗したことと、ベアトリス自身の攻撃性がなくなったのが原因だろう。

ベアトリスはほんの少しだけ悲しそうな顔をするものの、自分を悪く言う相手に文句を言うでもなく立ち去っていく。

だからユリアンは、それまでベアトリスの攻撃からほかの生徒を助けるために光らせていた目を、ベアトリスを心配して彼女に向けるようになっていた。

「一方で著しい能力の低下がある。クロイツァー公爵家の血筋では考えられない精霊を召喚し、本人からも以前のような強い魔力を感じなくなった。よく見かけた威嚇の炎を召喚式後は一度も見ていない。今の彼女は魔法を使えるのか？」

淡々と語ったゲオルグは、ユリアンに問うような目を向ける。

「まったく使えないわけではない。だがないも同然だ」

「そうか」

ゲオルグはいったん目を伏せる。それから意を決したようにユリアンを見つめた。

「正反対になった人格。失った能力。変わらないのは見かけだけ。まるで中身が入れ替わったようだな」

「入れ替え……」

ユリアンは不穏な思考を振り払うように首を横に振った。

「それは考えられない。なぜなら、ベアトリスは十年以上前の出来事を覚えていた」

ふたりで迷い込んだ森でのひととき、彼女はユリアンと出会った際の話をたしかにしていた。かなり詳細だったし、ユリアンにも覚えがあるものだった。誰かから伝え聞いた話とは思えない。

「それはユリアンが直接確認したのか？」

「そうだ。だから間違いない」

ゲオルグは難しい顔で考え込む。しばらくして口を開いた。

「わかった。だが彼女の変化はやはり不自然だ。特別ななにかがあったと考えた方がいい」

ユリアンはうなずいた。

「彼女に直接聞いてみる」

「ああ。ツェザールのことは俺に任せてくれ」

「頼んだ」

翌日。学院が休みのため、ユリアンはベアトリスが支援をしている王都はずれの孤児院を訪れた。

最近の彼女は暇ができるとここにいるから、先触れをしなくても待っていたら会えるだろう。

それに、子どもたちと過ごす自然な彼女の笑顔を見たいという気持ちもあった。

孤児院の門をくぐると、楽しそうな声が聞こえてきた。

この先に幸せそうに笑う彼女がいる。想像したらユリアンの顔も自然とほころんだ。

建物の角を曲がった先が中庭だ。

「ぴぃぴぃ」

小鳥の高い声が耳に届いた。ベアトリスの精霊ピピだ。

「ピピ、降りてきてよー」

子どもたちはピピが大好きなようで、小さな羽で飛び回るピピを追っている。ピピも子どもたちと遊ぶのを楽しんでいるのか、ときどき降りてきて機嫌よさそうにさえずり始める。

ベアトリスは花壇の近くのベンチに腰掛け、その様子を眺めていた。

慈愛に満ちた横顔が美しいと思った。途端にユリアンの胸が熱くなる。

彼女への疑惑などすべて忘れ去りただ見惚れていたら、視線に気づいたのかベアトリスが振り向いた。

ユリアンを視界に入れると、ルビー色の目を大きく開く。

「ユリアン様！」

彼女は慌てた様子で腰を上げて駆け寄ってくる。王宮だったら眉をひそめられるような貴族令嬢らしからぬその行動がとてもかわいく見えて、ユリアンは戸惑った。

（重症だな。ベアトリスがなにをしてもかわいく見える）

「ユリアン様、来てくださったのですね」

ベアトリスがユリアンの前で立ち止まり微笑んだ。

思わず頬に触れたくなる衝動を抑えて、ユリアンはうなずく。

「子どもたちは元気そうだな」

「はい、今は遊びの時間ですが、勉強も進んでいるんですよ。みんなどんどん文字を覚えていて、幼い子向けの童話はひとりで読めるようになったんです」

心底うれしそうに話す彼女の顔は優しく、慈しみにあふれた聖母のようだ。

「そうか。君のおかげだな」

「いえ、私なんか」

「そんな言い方はだめだ。子どもたちが幸せそうにしているのはベアトリスの尽力だ」

いつになく力を込めて告げると、ベアトリスの頬が赤く色づいた。

「ユリアン様、ありがとうございます。私……」

ベアトリスがなにか言いかけたそのとき。

「ぴぃ！」

ユリアンとベアトリスの間に、ピピが勢いよく飛び込んできた。

「あら、どうしたの？」

ピピはベアトリスの手にあたり前のようにのり、ユリアンを見上げた。

初めは人見知りをするようにユリアンが現れると隠れていたピピだが、今はまるでベアトリスとの時間を邪魔しようとしているかのようだ。

つぶらな黒い瞳が、ユリアンをじっと見つめている。

（警戒されている？　いや……）

「まさか、ライバルだと思われているのか？」

つぶやくとベアトリスが「ユリアン様？」と不思議そうな顔をする。

「いや、なんでもない。それより少し話を――」

「ベアトリス様ー！　あ、騎士のお兄さんもいる！」

ユリアンがふたりきりで話したいと告げようとするも、今度は子どもたちが駆け寄ってきた。

子どもたちにはユリアンの身分を告げていないが、帯剣していたため彼らはユリアンを騎士と認識したようだ。

「騎士のお兄さん、稽古して！」

「あ、僕も」

子どもたちが期待に満ちたキラキラした目でユリアンを見つめる。ちらりとベアトリスを見ると、同じような目をユリアンに向けた。

「ユリアン様、ご迷惑でなかったらお願いします」

ベアトリスに期待を向けられて断れるはずがない。

「ああ」

「よかった。みんな、ユリアン様の剣の腕はすごいのよ！　しっかり教わりなさい」

とてもうれしそうなベアトリスを見ていると、ユリアンの胸にも喜びが広がるのだった。

思っていた以上に子どもたちは筋がよかった。つい指導に熱が入り、気づけば太陽が真上に差していた。

「そろそろ休憩にしましょう」

ベアトリスがそう言って、冷たい飲み物を準備している。公爵令嬢とは思えない手際のよさに、ユリアンは感心した。

「お兄さん、素振り百回できたよ！」

声をかけられてベアトリスから目を逸らす。その直後「ベアトリス様！」と子どもの悲鳴が辺りに響いた。

なにかを考えるよりも早く動いたユリアンは、頭をかかえてうずくまるベアトリスの姿を見つけて息をのんだ。

「ベアトリス！」

思わず叫び彼女のもとに駆けつける。血の気のない真っ白な顔をしたベアトリスは、焦点の合わない目でユリアンを見つめ返す。

それから苦しそうに顔をしかめ、くたりと意識を失った。

第七章　前世の夢

孤児院の経済事情はかなりシビアだ。国と貴族からの支援が主な収入源だが、それだけでは十分ではないからだ。

足りない分は家庭菜園や町の仕立て屋などから請け負った手仕事の報酬で補っているが、今月は成果が思わしくなく、毎日の食事を確保するのも厳しい状況だった。

ロゼ・マイネは十六歳で孤児院を卒院してからも、仕事の合間にたびたび出入りし手伝いをしていた。

宿屋での賃金はあまり多くないので食料を買ってあげられないが、代わりに森まで足を延ばし、食べられるきのこや木の実、芋などを採り子ども好みの味に調理したりと工夫をしていた。

ロゼにとって孤児院は、物心ついた頃から暮らしており実家のようなもの。院長とシスターは親代わりでもある。そうやって手伝うことはまったく苦に感じなかった。

その日ロゼは夕食用の肉の少なさを補うために森に入り、てきぱきと芋を掘り起こしていた。火を通し、濃いめに味つけをすると満足感のあるおかずになるのだ。

全員に行き渡るようにせっせと芋を掘り、そろそろ帰ろうとしたとき、幼い子の泣き声が聞こえた気がして足を止めた。

耳を澄まして、声の出どころを探る。

この辺りは森の入口近くだが、それでも道をはずれると方向感覚がわからなくなり迷う可能性が高い。とくに子どもは危険だ。

しばらく様子をうかがっていると、再び細い泣き声が聞こえた。

「こっちだわ」

ロゼは今度はしっかり方向を捉えて、声の方に向かう。幸い森の中の道からそれほどはずれていない場所だったのですぐにたどり着いた。そこにはとても小さな、三歳くらいの女の子がいて、木に隠れるように佇んでいた。

初めて見るが、近くの民家の子ではないと確信した。なぜなら女の子はロゼが見たことがないような変わった服を着ているからだ。

前に合わせがあり、幅の広い帯でウエスト部分を留めている。袖は手首に向かうほど幅広になっている。かなり汚れてしまっているが、もともとは真っ白な生地だったのだろう。

肌には汚れが付着し、薄い茶色の髪は傷んで見えたが、深い緑の瞳だけは澄んでキラキラ輝いていた。

「あなたは……」

ロゼは背負っていた芋入りのかごを地面に下ろして、自分も屈み込む。

怯えている様子の子どもと目線を合わせて少しでも安心させるためだ。

「大丈夫よ」

優しく声をかけると、女の子はロゼをじっと見つめてから意を決したように近づいてきた。

近くで見るとますます、ロゼの身近な子どもとは違う雰囲気を感じた。

(まさか、貴族の子じゃないよね)

ふとそんな考えが浮かんだが、すぐに打ち消した。

もしどこかの令嬢が迷い込んでしまったのだとしたら、今頃大がかりな捜索隊が組まれ森は大騒ぎになっているだろうから。

「こんにちは。私はロゼというの。あなたは迷子になっちゃったのかな？」

問いかけると女の子はふるふると首を横に振る。

「お名前は言える？　この森にはお父さんとお母さんと一緒に来たのかな？」

なにかに葛藤している様子だった子どもが、しばらくすると口を開く。

「レ、ネ……」

「レネちゃんって言うのね？」

小さな子には似つかわしくないガラガラに乾いた声で、ロゼは内心驚いていた。

もちろん顔には出さずに微笑み、レネを安心させてやる。

「レネちゃん、お家がわかるならお姉ちゃんが送ってあげるわ」

レネがキョロキョロ視線をさまよわせる。なにかに怯えるようなその様子に、ロゼは眉をしかめた。

「……おうち、ない」

掠れた声が告げたその言葉に、ロゼは息をのんだ。そして悲しげに眉を下げてから、無理やり笑顔をつくった。

「それならお姉ちゃんの育った家に帰ろうね」

きっとこの子は親に捨てられたのだろう。年に一度くらいの頻度ではあるが、孤児院に自分の子どもを置いていく親が存在する。レネのように森に置き去りにされた子は初めて見たが。

レネはロゼについてくるのを嫌がりはしなかったが、自力で歩けない様子だったのでロゼが背負って孤児院に向かった。

彼女はとても小さいし片言だが、実は六歳とのことでロゼを驚かせた。

（きっとまともな食事をしてこなかったんだわ。言葉が発達していないのは、話し相手がいなかったからね）

レネはよくない環境にいたのだと容易に想像できた。

その後、院長とシスターと検討した結果、レネを孤児院の新しい仲間として迎えることになった。

◇◇

「ベアトリス、気づいたか？」

ゆっくり目を開けると、美しいサファイアブルーの瞳と視線が重なった。

ぼんやりしていたベアトリスは、自分を覗き込んでいるのがユリアンだと気づくと、大きく目を見開き体を起こそうとする。しかしすぐにユリアンに止められてしまった。

「だめだ。まだ安静にしているんだ」

「安静？　私はいったい……」

戸惑いながら部屋中に視線を巡らせる。むき出しの石壁の小さな部屋。孤児院の一室のようだ。

「中庭で倒れたんだ」

「あ……そういえば」

そのときの記憶がはっきりしてくる。

（ユリアン様と子どもたちに飲み物を用意していたんだわ）

コップを並べたトレイを花壇の近くのテーブルに置こうとしたとき、小さな青虫がいて虫嫌いのアンが驚いてその場でぴょんと飛び上がった。すると周りにいた子たちはその様子がおかしかったのか笑いだした。

ほのぼのした日常の一コマだが、ベアトリスはなぜかその光景を見て胸騒ぎを感じたのだ。そして直後激しい頭痛に襲われ……。覚えているのはそこまでなので、倒れてしまったのだろう。

（きっと前世にも同じようなことがあったから、変な感じがしたのね）

さっきまで忘れてしまっていたが、ロゼ・マイネだった頃、とくに面倒を見ていた女の子がいた。

レネという名前で、幼いのにあまり感情が顔に出ない不思議な雰囲気の持ち主。

森に置き去りにされていた家庭環境が特殊な子どもだ。

孤児院で面倒を見るようになってからも、どこか寂しそうに見えたから放っておけずに、ロゼはなにかと気を配っていた。時間とともにレネもロゼに懐いてくれて、いつの間にかまるで本当の姉妹のように仲よくなった。

(それなのにすっかり忘れてしまっていたなんて、私って薄情だわ)

前世の記憶を思い出したとき、真っ先に浮かんでいいはずの人物だというのに。

(すべて思い出したわけじゃないから仕方ないのかな)

いまだに二十歳そこそこまでの出来事しか浮かんでいないのだから。

(ロゼは早くに亡くなったんだろうけど、誰かと結婚したり、お母さんになったりしたのかな。そのへんあやふやなのよね)

「ベアトリス、どこか痛むのか?」

考え込んでいると、心配そうなユリアンの声が耳に届いた。

「あ、申し訳ありません。痛みはないんですがぼんやりしてしまって」

気になることは多々あるけれど、公爵邸に帰って落ち着いてから考えよう。

「本当に大丈夫なのか?」

「はい」

ユリアンの綺麗な顔に影が差す。心からベアトリスを心配してくれているように見えた。

ベアトリスはそれがうれしくて、顔をほころばせる。

「ご心配をおかけして申し訳ありません」

少し前だったらこんな発言をする勇気は出なかっただろう。『お前のことなど心配していない』など厳しい返事をされそうだと思っていたから。

けれど先入観を持たずに見るとユリアンは優しい人だ。

冷たい態度を取るとしたら相手に問題がある、まさに以前のベアトリスのような人間に対してのみなのだろう。

ユリアンはベアトリスをしばらく見つめてから、小さく息を吐いた。

「大丈夫そうだな。よかった、本当に心配した……」

「え……それは申し訳ありません」

「謝らないでくれ。責めてるわけじゃないんだ。ただ、君になにかあったらと思うとなにも手につかなかった。がんばっているのはわかるが、もう少し自分にも気を使ってくれ」

「は、はい」

ユリアンは心から訴えるようにベアトリスを見つめる。

予想以上に心配させてしまったようだ。

(それに……自惚れているかもしれないけど、討伐訓練を終えてから好意を感じる)

お互い名前を呼び合うようになったことで、親近感が増したからだろうか。

「今日はもう屋敷に帰った方がいいな」

「はい。そういえばサフィとレオはどうしたのかしら」

「侍女と護衛は子どもたちのところだ。ベアトリスが倒れてみんな不安になっていたから、なだめてもらっている」

「まあ、そうなんですか。では帰る前に子どもたちにも顔を出さないとですね」

寝不足だったとでも言って安心してもらおう。

「そうだな」

ベアトリスがベッドから出ようとすると、ユリアンがとても自然に手を差し出した。

「あ、ありがとうございます」

手が触れ合いどきりとする。ユリアンは照れているのが顔に出ているベアトリスを見て、うれしそうに微笑んだ。

子どもたちに心配しないように話し、それからユリアンが乗ってきた馬車で公爵邸へ向けて出発した。

「ユリアン様、倒れて迷惑をかけただけでなく、送ってまでいただきありがとうございます」

ベアトリスは車内に向き合って座るユリアンに対して、ペコリと頭を下げた。

「俺たちは婚約者同士なんだから、そんなに遠慮しなくていい」

ユリアンは機嫌よさげに目を細める。

(仲よくなったユリアン様は本当に面倒見がいいわ)

自分の仲間と認識した相手はとことん庇護するタイプなのだろうか。

今ベアトリスが王家の馬車に乗っているのも、遠慮したベアトリスをユリアンが強引に送ると言ったからだ。

ちなみにベアトリスが乗ってきた公爵家の馬車は、サフィとレオに任せてある。

ユリアンがそういえばとでも言うように、眉を上げた。

「ピピはどうしたんだ?」

「あ……ここにいます。疲れて眠ってしまったみたいですね」

ベアトリスは自分の胸もとに手を添えた。

「眠る精霊というのは聞いたことがないな。本当にピピは規格外だ」

「そうですね。なにも問題なければいいんですけど。最近眠る時間が以前より多くて気になっているんです」

ユリアンは怪訝そうにしながらも「王宮の魔導士に確認してみる」と言ってくれた。

「ありがとうございます」

「ああ」

やわらかい微笑みは優しく美しく、ベアトリスは思わず胸が高鳴るのを感じた。

(やだ、ユリアン様にときめいてどうするのよ)

彼とはそのうち婚約破棄しなくてはならないのに。

以前は望んでいた婚約破棄だが、距離が近くなった今、寂しさのようなものを感じている。

(もしや未練という感情じゃない?)

これではだめだ。

「あの、ユリアン様」

やや身を乗り出して呼びかけるベアトリスを、ユリアンはやわらかな表情で受け止める。

「どうした?」

「あの、聖女様の件、その後どうなりましたか？」

討伐訓練のときも成果なしだったので、気になっていた。

「ああ、クロイツァー公爵を筆頭にほかの二家の公爵とも情報共有をして、捜索している」

自分の気持ちに困惑したベアトリスは無理に別の話を振ったが、ユリアンはとくに気にする様子もなく返答した。

「では、まだ見つかっていないんですね」

ユリアンは浮かない顔でうなずいた。

「難航している」

「そうですか……」

「だが俺はなんとしても聖女を捜し出すつもりだ。だから心――」

「はい、聖女様は未来の王妃となる方。私ができることは少ないかもしれませんが、お手伝いさせていただきます」

ユリアンが聖女を捜すと言ったとき、並々ならぬ決意を感じた。

（それほど聖女様を求めているんだわ）

ベアトリスの胸が少しだけ痛む。それでも彼の助けになりたい気持ちも大きかった。

だから自分も力になると伝えたつもりだけれど、ユリアンは困惑したような顔をして黙り込んでしまった。

「聖女が王妃？」

「はい。ツェザール様からうかがいました。聖女様が見つかったらユリアン様は私との婚約を破棄して聖女様を妃になさると」

「は？　いや、それは……」

「聖女様を保護するのを目的とした結婚かと思いましたが、今のユリアン様の顔を見たらそうではないとわかりました……聖女様がお好きなんですね」

必死に捜そうとしている様子から、聖女への気持ちが表れている。

たとえ会ったことはなくとも、王族の彼にとってはより特別な存在なのだろう。

「私はおふたりの邪魔にならないように、今後についてしっかり考えていますから心配しないでくださいね」

にこりと笑って彼に告げる。いつになく饒舌になるのは、自分が思っていたより動揺している心を隠すため。

ユリアンは優しいから、婚約破棄でベアトリスが寂しく思っていると知ったら罪悪感を持つかもしれない。

「待ってくれ、今後についてとはどういうことだ？」

ユリアンはなぜか慌てている。

（聖女様との結婚はまだ秘密だったのかしら）

ツェザールが先走って情報を漏らしてしまったと知り、焦っているのか。

「大丈夫です。この話は家族にもしていませんから。ただ私は学院を卒業後は領地に住まいを移そうかと考えています。それについてだけは話し合っているんです」

「領地にだと……」

「はい……」

ユリアンはなぜか青ざめた顔でベアトリスを見つめている。その様子が気にはなったが、ちょうどクロイツァー公爵家の屋敷に到着した。

出迎えるために待っていた公爵家の使用人が外から馬車の扉を開く。

「ユリアン様、送ってくださりありがとうございました」

「あ、ああ」

「……では失礼いたします」

ユリアンの顔はどことなく引きつっているような気がした。

第八章　別人でも

ひとりきりになった馬車の中で、ユリアンはうなだれ頭をかかえた。

「領地に移るだと？」

つい先ほど知った衝撃的な事実。口にするとずしんと気分が落ち込んだ。

まさかベアトリスがそんな考えを持っていたとは。

聖女をユリアンの妃にと主張している貴族はたしかにいる。主にクロイツァー公爵家と勢力争いをしている貴族で、もとからベアトリスを王太子妃にすることに反対していた者たちだ。

以前のベアトリスは問題が多く、彼らが付け入る隙を与えてしまったことから、日に日に勢力を拡大していた。

ユリアンはもちろん、ベアトリスに対する彼らの態度について把握していたが、見て見ぬふりを続けていた。ベアトリスとの婚約破棄を希望していたし、むしろ反対派は歓迎する存在だったからだ。

けれど。

「迂闊だったな」

ユリアンは大きなため息をついた。

側近たちに伝えたように、ほかの貴族にもベアトリスを妃にするつもりでいると伝えておくべきだった。せめて、聖女を未来の王妃にするつもりはいっさいないと、はっきり否定すればよかった。

（ベアトリスが真に受けてしまうとは）

その上、婚約破棄後の身の振り方まで考え、しかも公爵家内で肯定されているという、ユリアンにとっては最悪の状況。

ベアトリスに真実ではない聖女との結婚の件を伝えたツェザールに対して、思うところはある。ただ彼を責める気にはならなかった。一番の問題はおごっていたユリアン自身にあるのだから。

ベアトリスが自分から離れていくなど想像もしていなかった。

彼女は物事に対して驚くくらい貪欲でわがままで移り気だったけれど、ユリアンに対する執着だけは一貫していた。

ユリアンがどんな態度を取っても、周囲がどれだけ反対しても、婚約を解消したいとは言い出さなかった。自尊心が誰より高い彼女は、未来の王妃の座を誰よりも欲していたからだ。

だから疑ってもいなかったのだ。彼女は自分から離れていかないと。

（どうして気づかなかったんだ。驚くくらい人格が変わったのだから、結婚に対する考え方が変わるのも当然なのに）

傲慢なのは彼女ではなく自分だ。あくまで選ぶ立場で、ベアトリスの立ち位置はなにがあっても変わらない。ユリアンが望めばベアトリスはそれに応える。心の底ではそれが当然だと思っていたのだから。

「本当に……愚かだな」

深いため息がひとりきりの車内に響いた。

王宮に戻ると待ち構えていたように侍従がやって来た。

「王太子殿下、国王陛下がお呼びです」

「わかった。すぐに行く」

ユリアンは休む間もなく侍従の後に続き、国王の執務室に向かう。

部屋の中にはユリアンの父である国王と、宰相、そしてベアトリスの兄ランベルト・カリス・クロイツァーがいた。

彼の存在を意外に思っていると、国王から前置きなしに声をかけられる。

「聖女捜索の報告を受けた。手がかりはなしだ」

「……そうですか」

「聖女が当家の領地にいるとは考えられません。聖女が我が領内に向かう馬車に乗ったのだとしても、行き先が変更になったか、途中で降りたのでしょう」

ランベルトが補足するように言う。かなり自信を持った口ぶりだ。

「なぜ断言できるんだ？」

「教団直轄領から我が領の道中には厳重な警備を敷いているのです」

「そういえば、クロイツァー公爵家と教団がもめたことがあるそうだな」

ユリアンも人から聞いた話だが、約三十年前、現クロイツァー公爵の姉が神殿に行きそのまま行方不明になるという事件が起きた。

公爵家は必死に捜索し神殿にも捜索の協力を願い出たが、その希望は叶えられなかった。

結局公爵の姉は、神殿に向かう道中で亡くなっているのが発見されたが、人命がかかっているのにまるで協力しようとしなかった教団の態度にクロイツァー公爵家は不信感を持つことになり、以降あまりよくない関係が続いている。

「伯母は神官に扮した盗賊に襲われたと判明しました。それ以降、神殿との道中には当家の騎士が巡回していますし、神殿からやって来た者だからと油断せずに神官でも、商人でも身元を確かめています」

「そうか……」

「教団直轄領からクロイツァー公爵領の間にある町と村に部下を派遣し、聖女と同年代の女性を確認しましたが、見つかっていません」

国王の近くに控える宰相が補足した。

では聖女はどこにいるのか。神殿を抜け出して間もなく不幸な事故に巻き込まれて亡くなった可能性は、つい最近まで神木が無事だったことからない。

聖女の身になにかがあったのだとしたら、神木が枯れ始めたここ数か月の間の出来事だ。

ゆっくり枯れていく様子から、聖女の力が少しずつ消えていると考えられる。

ここにいる誰もがその事実に気づいているから、焦りながらも聖女の無事を信じて捜索を続けているのだ。

ユリアンは目を閉じた。悪い予感があたってしまったような感覚に、体が重くなるような気がした。

（教団の情報が嘘なのかもしれない）

聖女が子どもの頃神殿を出たという話自体が、なにかを隠したい教団の意図による作り話だったとしたら。

（大変なことになるな）

王家とフィークス教団は長い間、お互いの領分を侵さずよい関係を築いてきた。教団は国政に必要以上に口を出さず、王家は神事や神木については教団の意向を尊重していた。

それが崩れたら、大きな混乱が起きる。

言いようのない不安に、ユリアンは凛々しい顔を曇らせた。

その後、国王から今後の方針について指示を受け、部屋を辞した。途中ランベルトに目配せをして、彼とともにユリアンの執務室に移動した。

「急にすまないな」

入室してすぐに人払いをする。ランベルトにソファーに座るよう勧めると、彼は優雅な動作で腰を下ろした。

「お気遣いなく。私も近いうちに王太子殿下と話したいと思っていたところです」

「そうか」

なんとなくだがランベルトの話というのは、公務ではなく個人的な内容のような気がした。おそらくベアトリスの……。

「それは今から話す内容と重なっているかもしれない。ベアトリスの件だ」

ランベルトはわずかに口角を上げた。

「はい」

「最近の……具体的には召喚式の後のベアトリスの様子に、気になる点はあるか？」

大貴族にもなると、兄妹とはいえ滅多に顔を合わさないなんてこともある。

しかしクロイツァー公爵家の家族仲は良好で、以前ベアトリスが悪評をこれでもかというほど集めていた頃も、彼女を見捨てず大切にしていた。兄であるランベルトなら、ベアトリスの変化についてなにか知っているかもしれないと思ったのだ。

ランベルトは少し考えるようにしてから口を開いた。

「あの子はとても変わりましたね。情緒が安定して、使用人がミスをしても激高することはなくなりました。我慢しているわけではなく腹が立たない。怒りの沸点が比較できないほど高くなった。それは無関心だからではなく、相手の気持ちを察する優しさからきているように見えます」

ランベルトはベアトリスについてよく見ているようで、ユリアンと同じような考えを持っているようだった。

「学院でも同様だ。周囲に気を使い、身分によって対応を変えたりしない。ベアトリスが癇癪を起こさなくなったことで、生徒たちは安心している。いい方向への変化だが、ひとつだけ問題がある。ベアトリスの魔力が著しく低下しているんだ。真剣に魔力を込めて蝋燭の火をともす程度しかできない」

ランベルトはユリアンの言葉に真剣に相づちを打つ。

「……まるで別人だ」

ユリアンがそうこぼすと、ランベルトは困ったような表情になる。

「実は私も何度かそう思いました。あの子の変化はあまりにも劇的だ。けれどふとした拍子に見せる仕草や表情は、間違いなく幼い頃からそばにいた妹のものなんです」

ランベルトはなにかを思い出しているのか、懐かしそうに目を細める。

「俺は……よくわからないな」

かつてのユリアンは、ベアトリスに対してたとえ嫌悪だとしても強い感情を持っていたのに、彼女について知らないことが多かった。

「兄の目から見ればあの子は別人などではなく、私たちの大切な家族のベアトリスですよ。ただ召喚式の前になにかあったのは確かでしょうね」

ランベルトの表情に影が差す。おそらくすでにその頃のベアトリスの行動について調査を進めているのだろう。

(召喚式の数日前にベアトリスに呼び出されたな)

ユリアンは当時の記憶を呼び起こす。


『王太子殿下!』

学院内の渡り廊下を歩いていたユリアンを、ベアトリスが甲高い声をあげて追ってきた。

怒っているのが伝わってくる、淑女らしからぬ忙しない足音。

ユリアンは学院内でひとりになることは滅多にない。基本的にゲオルグとツェザールと行動をともにしているからだ。

それなのに、ベアトリスは単独行動のときにタイミングよく声をかけてくる。毎回毎回。

ユリアンはうんざりしながら、足を止めて振り返る。するとベアトリスはほっとしたような顔をして、それからなにかに挑むようにユリアンを見つめた。

『クロイツァー公爵令嬢、騒々しいぞ』

彼女の顔を見るとつい小言がこぼれる。我ながら口うるさいと思うが、注意しないとベアトリスの行動がますます身勝手なものになるのを知っているからやめられない。

ベアトリスは一瞬顔をしかめながらも、いったん口を閉ざした。わがまま放題の彼女もユリアンの言うことには多少は従う。

彼女は咳払いをしてから、ユリアンをじっと見つめた。

『王太子殿下、召喚式の件ですが』

ユリアンはうなずく。数日後に迫った召喚式は、学院の生徒皆が今一番関心を寄せている事柄だ。ベアトリスも強い精霊を呼び出すのだとたいそう張りきっていると聞いている。

『婚約者としてエスコートをお願いしたいのです』

『エスコート？』

予想外のセリフに、ユリアンは眉間にシワを寄せる。ベアトリスはそんなユリアンの反応に気づきもせずに、舞い上がった気持ちを表すように声を高くする。

『そうです。私と王太子殿下が並んで入場したら召喚式の格が上がるはずです。想像するだけで素晴らしいでしょう？』

楽しそうなベアトリスに、ユリアンはうんざりとため息をついて答えた。

『召喚式に臨むのにエスコートが必要など聞いたことがない。そんな生徒はほかにいないだろう』

『そうですね。ですが私たちは特別です。王族と公爵家の強い結びつきによる婚約者同士なのですから』

『それはこの場合においては関係ない。学院の生徒のひとりである我々が悪目立ちをする必要はない。クロイツァー公爵令嬢、エスコートは断る。お互い学院のルールに則り召喚式に参加しよう』

ベアトリスの顔が瞬く間に赤く染まる。目は怒りが表れているようにつり上がっている。

『嫌です！　私は王太子殿下と一緒に行きたいのです。公爵邸まで迎えに来てくださいませ』

『はあ……はっきり断ると言ったはずだが。君は学院がなにをするべき場所なのか、もう一度考えるべきだ』

『な、なんですか、それ……待って！』

くるりと踵を返して立ち去るユリアンの背中に、ベアトリスの怒りを帯びた声が追いかけてくる。ユリアンの態度が納得できないのだろう。癇癪はいつものことなので放っておこうとしたが、令嬢らしくなく喚いていたベアトリスが急に静かになったため、どうしたのかと気になりうしろを振り返った。

『クロイツァー公爵令嬢？』

ベアトリスは渡り廊下の中央でしゃがみ込み、片手で頭を押さえていた。

ユリアンはさすがに心配になり、彼女に近寄って自分もその場に膝をつく。

『どうしたんだ？　気分が悪いのか？』

『……なんだか頭が痛くて』

彼女は不機嫌そうにぼそりと答える。先ほどまでのうるささが嘘のように静かで、本当に具合が悪そうだった。

『顔色が悪いな』

ユリアンはベアトリスに帰宅するよう促し、彼女を支えて馬車まで連れていった。

いつにない彼女の態度が心配だったが、その後クロイツァー公爵家から断ったはずのエスコートを求める手紙が届いたので、たいしたことはなかったのだと判断して、断りの手紙を書き使者に託した――。

（そういえば、あのときから頭痛に苦しんでいるようだった）

先日孤児院で倒れたときの姿と重なる。それに気づいたユリアンは、不安を覚えながらランベルトを見つめた。

「ベアトリスには持病があるのか？」

ランベルトは意外そうに首をかしげた。

「いえ。健康そのものですが。定期的な健診でも問題は見つかっていません」

「そうだったな……しかし、ベアトリスはときどき頭痛に悩まされている。今日も孤児院で倒れたので、先ほど公爵邸まで送ったところだ」

「倒れた？」

ランベルトの表情が曇った。

「シスターの見立てでは貧血だそうだ。公爵邸に戻ったら医師に診せるように言ってある。ただ、以前も頭痛に苦しんでいるのを見た」

「妹がご迷惑をおかけして申し訳ありません」

「礼はいい。それよりも、本当に問題ないのだろうか」

「屋敷で過ごすときにそのような様子はありません。ただ召喚式の前日に王太子殿下の使者と会った際、興奮しすぎたのか倒れました。妹が変わったのはその後目覚めてからですね」

「……ベアトリスに聞いてみたか？」

「変わった理由ですか？ いいえ。聞かれたくない様子なので」

ユリアンはわずかに目を見張る。

「ベアトリスは、自身が変化したということに気づいているのか」

「そのような態度です。父も母も気づいていますが、我々は妹から相談されない限りは見守ろうと決めています。どんなに変わってもかわいい妹ですから。しかもいい方向の変化なのだから歓迎です」

「そうだな……」

ベアトリスにどんな心境の変化があったのかわからないが、本人が望むのならそっとしておいた方がいいのかもしれない。信頼関係を築いたら、いずれ自ら話してくれるかもしれないのだから。

「しかし、妹の召喚した精霊については調べています」

「あの小鳥は不思議だな」

ランベルトも同意だというようにうなずく。

「召喚式の際、司教から力がない精霊と断言されたようです。しかしあの精霊は召喚式以降、ずっと異界に戻らず妹のそばにいる。そんな精霊は過去存在していない。今のところ問題はないようですが、正体をはっきりさせておきたいのです。聖女捜索と同様に難航していますが」

「私の方でも調べておく」

「ありがとうございます」

その後、聖女捜索について少し話したあと、ランベルトは執務室を辞した。

ユリアンは執務机に座り目を閉じた。するとベアトリスの笑顔が浮かんでくる。

最近の彼女は常にやわらかな雰囲気で、優しい表情を浮かべている。

温かみを感じる声、困ったような顔。笑った顔。思い出すのはそんなベアトリスだ。

(もっともっと見ていたいな)

ベアトリスはもうユリアンとの結婚に執着していない。

それでもあきらめられない。

「立場が逆転したようだ」

ユリアンはなにかを吹っきったように微笑してつぶやいた。

ベアトリスの気持ちがないのなら、振り向かせるように今度は自分が努力しよう。

ユリアンはそう決意して、目を開いた。

第九章　警戒するとき

緑の森の中の小さな小屋の裏手。

「あとで迎えに来るから。ここから絶対に出たらだめよ」

ロゼ・マイネはいつになく真剣な表情でそう言うと、大きな薪箱の蓋を閉めた。

それから立ち上がって灰色のローブを頭からかぶる。

数歩進んでから振り返りもう一度薪箱を見ると、意を決して走り出した。

まだ昼だというのに、森の中にはあまり光が届かず薄暗い。盛り上がる木の根にときどき足を取られながらも、立ち止まらず必死に走る。

息が苦しく喉が熱く焼けるように痛むけれど、走るのをやめるわけにいかない。

もしやめたらそこですべてが終わってしまうのだから。

自分の帰りを待っている人がいる。大切なその人のためにも、もっとがんばらなくては。

あと少し、もう少し、そう思うのに森を抜けられる気配はない。

そのとき、近づく足音が聞こえてきた――。

◇◇

ベアトリスは大きな目をぱちりと開いた。ルビー色の瞳が映す視界には、見慣れた天蓋が映り込む。

自室のベッドだと認識して、はあと息を吐き出した。

「またあの夢を見たわ」

最近よく見るロゼ・マイネだった頃の夢。

ただし夢に出てくるのは楽しかった思い出ではなく、あまり覚えていないような場所や人物。夢の中では大抵非常事態に陥っている状況で、強い不安を感じている。

いつもその感覚のまま目覚めるので、寝起きだというのに心拍数が激しく、運動をした後のように体が汗ばんでいる。

ベアトリスは浴室に向かいながら、見たばかりの夢について考えていた。

（今日の夢では必死にどこかに向かっていたな。あれはなにをしているところなのかしら。薪箱に誰かを隠していたみたいだけど）

まったく覚えていないが、実際前世で経験したことなのだろうか。

それとも、討伐訓練の際に森をさまよった経験が恐怖として心の深いところに植えつけられており、夢として表れるのか。どちらにしても、できれば二度と見たくない夢だ。

しっかり睡眠を取ったとは思えない気だるさを感じていると、静かな足音が聞こえてくる。

「お嬢様、おはようございます」

「おはよう、サフィ」

彼女は毎朝同じ時間に、ベアトリスの朝の身支度を手伝うためにやって来る。だからベアトリスの変化に敏感だ。

「お嬢様どうなさいました？」

ぼんやりしている様子が気になったのだろう。心配そうに眉をひそめる。

「怖い夢を見たせいで、目覚めが悪くて。でももう大丈夫よ」

サフィはほっとしたように目じりを下げる。

「それは災難でしたね」

「最近、よく見るのよね」

ベアトリスはようやく動き始める。サフィが用意してくれた洗面用の陶器の桶に手を入れて、顔を洗う。

「フィークス神殿に行けば悪い夢から身を守る御守りをいただけるようです。近いうちに私が行ってきましょう」

「ありがとう。でもフィークス神殿か……」

「お嬢様？」

「あ、なんでもないの。着替えるわ」

ベアトリスの言葉に応えるように、サフィと彼女の同僚の部下が動きだす。

その様子を眺めるベアトリスはわずかに顔を曇らせた。

（フィークス神殿って、なぜかあまりいい印象がないわ）

大切な聖女の行方不明という失態を演じたことで信頼が低下しているからだろうか。

それとも、召喚式で関わったコスタ司教が冷たい印象だったからか。

この国で暮らす人々にとって必要不可欠な存在ではあるが、悪夢と同様できれば関わりたくないと思う。そんなふうに感じる自分が不思議だった。

着替えを済ませてから、朝食をとるためにダイニングルームに向かう。

すでに家族が集まっていて、ベアトリスが入室すると皆優しい笑顔で迎えてくれた。

「トリスちゃん、おはよう」

真っ先に声をかけてきた母に、ベアトリスは微笑んで答える。

「おはようございます」

父と兄にも同様に挨拶をしてから席に着く。

クロイツァー公爵家では、母の意向で貴族にしては珍しく家族全員が揃《そろ》ってから食事を始め、会話を楽しむ。穏やかな空気にほのぼのとする、ベアトリスの楽しみにしているひとときだ。

しかし今朝はいつもと違い、父の様子がおかしい。どことなく重苦しい空気をまとっているのだ。食事を終えた頃、父が重い口を開いた。

「トリス、今日から護衛を増やすからそのつもりでいなさい」

「護衛を？　レオだけではだめなのですか？」

ベアトリスは思いがけない父の言葉に戸惑う。

「そうだ。レオのほかに数人つけるから、必ず彼らと行動をともにするように」

口調は穏やかながらも、ベアトリスの反論を許さない。

「わかりました」

供を大勢引き連れて歩くのは気が進まないが、仕方ない。

「あのお父様、急に護衛を増やすのはなぜですか？」

ベアトリスの身に危険が迫るような情報が入ったのだろうか。

母と兄は父の話に少しも驚いていないので、事情を知っていそうだ。

父はちらりとランベルトに目配せする。

「トリス、私から説明しよう」

「はい、お兄様」

「王太子殿下から多少は聞いていると思うが、現在聖女が行方不明だ」

ベアトリスは「はい」と相づちを打つ。

「王家はもちろん我が公爵家も捜索をしている。成果は上がらないが、別件の情報が入ってきてね。それによると、近いうちにこの王都で騒ぎが起きそうなんだ。だから念のためベアトリスの警護を強化する。もちろん母上も同様だ」

「王都での騒ぎ……それはクロイツァー公爵家が狙われるのですか?」

ランベルトはベアトリスを安心させるように微笑む。最近の彼は以前よりもベアトリスに優しくなった気がする。

「いや、我々は直接的な関係はない。だが運悪く巻き込まれた場合の対策は取っておかないといけない。そもそも騒ぎ自体が起きないように動いてはいるが、用心はするに越したことはない」

「そうですね」

ランベルトの言う通りだが、ベアトリスの胸に不快感が生まれた。それは強い不安からくるものだ。

「護衛がいる私たちはいいとして、王都の人たちが心配です」

ベアトリスが面倒を見ている子どもたちの孤児院も、はずれとはいえ王都にある。

（とても心配だわ）

平民街にも警備する騎士がいるが、十分な人数とは言えない。とくに孤児院は残念ながら優先されないのが現状だ。

（公爵家の私兵で子どもたちを守れたらいいのに）

しかしそれは難しいだろう。いくらクロイツァー公爵家といえど、タウンハウスを守る騎士の数には限りがある。公爵邸で働く使用人や公爵家が運営する店舗など、守るべきところは多いのだ。

（今日か明日には向こうに行って、院長に当分警戒するように伝えておこう。それしか打てる手がないわ）

ベアトリスは、不安を残したまま朝食を終えた。

レオのほか三人の護衛を連れて、学院に向かった。

騎士たちはすらりとした体つきの上に貴公子のような優雅な物腰のためか、一見屈強な護衛というより貴族の子息のよう。

しかしランベルトがいうには、彼らはクロイツァー公爵家所属の騎士の中でもとくに優秀だそうで、とても頼りになるのだとか。

気さくで子どもたちとも一緒になって遊べるようなレオも、ひとたび戦いとなれば誰にも引けを取らない活躍をするという。

彼らに守られているベアトリスは、滅多なことで危険な目には遭わないだろう。

無事学院に着き、馬車から降りるとちょうどユリアンの登院と行き合った。

彼はベアトリスよりも早くこちらに気づいていたようで、足早に近づいてくる。

「ベアトリス」

「ユリアン様、おはようございます」

「ああ、おはよう」

ユリアンはベアトリスの前で立ち止まり目を細めた。彼のこのようなやわらかな微笑みを最近よく見るようになった。

「レオ、ここからは私に任せてくれ」

ユリアンがベアトリスのすぐそばに控えていたレオに声をかける。

「かしこまりました。お嬢様をよろしくお願いいたします」

ベアトリスが車寄せまででいいと言っても、頑としてしっかり警備がされている建物に入るまで護衛しようとしていたレオだが、ユリアンの申し出にはあっさり従った。ずいぶんな態度の違いだと、少しだけレオに非難の視線を送る。すると彼はすぐに気づいたようだ。

「最強の王太子殿下がいれば、お嬢様が危険な目に遭う可能性はほぼゼロですからね。では授業が終わる頃にお迎えに上がります」

レオはそう言うと、同僚の騎士たちとともに公爵邸へと帰っていった。

「行こう」

ユリアンに促され、ベアトリスはうなずき彼とともに歩き出す。

「護衛が増えたようだな」

そう問う彼は当然ながら事情を知っているようだった。

「はい、お父様の指示です。でもほかの方はいつも通りに見えますね」

「混乱を避けるために情報を規制している」

「それはかわいそうなのでは？　前もって危機の可能性を知っていたら対処しやすくなりますし」

自分たちだけ知っているのは不公平ではないか。

そんな思いからつい非難がましい声音になってしまったが、ユリアンは気を悪くするどころかむしろうれしそうで、優しい眼差しでベアトリスを見つめる。

「ベアトリスの気持ちはよくわかる。だが事前に知っていたとしても、クロイツァー公爵家のように精鋭の騎士をかかえている家はほんの一部だ。それなのに危機を知らせたら混乱して、例えば傭兵の奪い合いや、王都を離れるなどの行動を取る者が出てくるだろう。貴族の動揺は一般の民の生活にも影響が出る」

「そう……かもしれません」

ベアトリスはふと、前世の記憶を思い出した。

ロゼが宿屋の仕事の合間に孤児院を手伝っていたところに、どこかの貴族の従者たちがやって来て、孤児院の中を捜したのだ。

なんでも大切なものをなくして、近隣一帯を捜しているのだとか。

そんな大事なものならきちんと管理しておけと誰もが言いたかったはずだが、貴族に逆らうのは危険なため、不満ながらも黙っていた。

結局捜し物は見つからず、孤児院内をめちゃくちゃにして謝りもせずに彼らは引き上げていった。後日聞いた話では、捜し物は結局見つからず被害に遭った平民の家はかなりの数になったそうだ——。

（たったひとつのなくしもので大騒ぎをしたんだもの。危険が迫ってるなんて知ったら大騒ぎして、例えば食料の買いだめなどする貴族がいても不思議はないわ）

とくに力のない下位貴族は日頃からの備えが十分とは言えないため、平民たちから奪う可能性がある。

孤児院についても、院長に知らせても現実的にたいした対策は取れないだろうから、不安にさせるだけで子どもたちによくない影響を与えるだろう。守りたいならほかの手段を考えなくては。

「ユリアン様のおっしゃる通りだとわかりました」

素直にそう告げると、ユリアンはほっとした表情を見せた。

「理解してくれてうれしいよ。情報は与えられないが、皆に危害が及ばないように騎士団が警戒している。もちろんベアトリスが大切にしている孤児院の子どもたちもその範囲内だから、心配しすぎないでくれ」

「あ、ありがとうございます」

ユリアンにはなにも言っていないのに、子どもたちの安全面が心配だったことに気づいていたようだ。

気遣いがうれしくて、ベアトリスは笑顔になる。するとユリアンの目もとが少し赤くなった。

「ユリアン様、どうなさいました？」

「い、いや、問題ない」

「そうですか」

ユリアンの様子がおかしいと思ったが、本人が問題ないと言うのならいいだろう。

そう思って彼から視線をはずしたとき、ベアトリスの右手が大きな手で包まれた。

驚いて再びユリアンを見る。彼は依然として少し赤い顔をしている。

「あのユリアン様？」

この手はどういうわけなのだろう。

「授業が始まる、急ごう」

「あ、そうですね」

ユリアンに早口で言われたので、ベアトリスは疑問を口にするタイミングを失った。

彼に手を引かれ、ふたりで教室に向かったのだった。


ベアトリスの護衛が増えて数日が過ぎた。

その日は久しぶりに例の夢を見た。

ただ自分がロゼ・マイネで怖い思いをしたことはわかるが、細かな内容までは目を覚ましたのと同時に忘れてしまっていた。

「どうして前世の夢ばかり見るのかしら。もしかしてなにかのお告げ？」

王都で騒ぎが起きるという物騒な情報もあるくらいだから、もっと安全に注意しろとの警告のようなものなのか。

そんなことを考えながら、ふとベッドから少し離れた位置にある美しい飾り戸棚の方を見た。そこにはベアトリスの大事にしている精霊ピピの寝床がある。

最近は以前のように食事中に呼んでも飛び出してくることがなくなり、やたらと寝てばかりいる。

心配だったが、そもそも精霊は人と違って病気にかからないし食事をしないものだから、様子を見守るしかできずにいた。

けれど今朝はこれまでと状況が違っている。

ピピは元気がないどころかぐったりしており、あきらかに苦しそうにしているのだ。

「ピピどうしたの！」

慌ててベッドから降りて、ピピの寝床である美しい鳥かごに向かう。

ピピは鳥かごの底に敷いたクッションの上に横向きに転がり、小さな羽を投げ出していた。

ベアトリスはかごに手を入れて、慎重にピピを取り出す。

「ピピ」

顔を近づけ、名前を呼ぶとピピはわずかに身じろぎした。

声が聞こえてはいるようだが、それでも少し反応する元気しかないように見える。

「どうしよう……」

動揺しているとノックの音がした。

「お嬢様、おはようございます」

「サフィ……」

「どうなさいました？」

「ピピの様子がおかしいの」

ベアトリスの言葉に、サフィは眉をしかめて鳥かごを見遣る。すぐに険しい表情になった。

「これはいったいどういうことでしょう」

「わからないわ。目覚めたら苦しそうで……どうしよう」

「公爵様にご相談してはいかがでしょう」

「あ、そうね！」

サフィの手を借りて大急ぎで身支度をして、いつも通りダイニングルームに向かう。

そこに父がいる。そう思っていたが、今日に限って父も兄もいなかった。

「トリスちゃん、そんなに慌ててどうしたの？」

母だけがいつも通り席に着いており、ダイニングルームに飛び込んできたベアトリスを見て目を丸くする。

「お母様おはようございます。お父様とお兄様はこれから来るのでしょうか」

「いいえ。王宮で問題があったようで朝早くに使いの者が来たの。ふたりはすぐに支度して出ていったわ」

「問題が？」

顔色を変えるベアトリスに、母はゆったりと微笑む。

「心配しなくて大丈夫よ。先日から警戒している件とは別の政治的な話だから」

「そうなんですね」

いくぶんかほっとして席に着く。

「お父様とランに用があったの？」

母の問いにベアトリスはうなずいた。

「はい……ピピの様子が今朝からおかしいんです。まるで病にかかったようにぐったりしていて」

「病？　どういうことなのかしら」

母の顔に戸惑いが浮かぶ。他国の王家出身の母は守護精霊について詳しくない。

「いつも元気なピピちゃんがぐったりだなんて心配ね。そうだ、学院長に相談してみてはどうかしら」

しばらく考えてから母が言った。

「学院長ですか？」

「ええ。彼は学生の頃から精霊に関連する資料を読みあさって独自の研究もしていたそうよ。その知識を買われて、召喚式を行う学院の責任者になったんですって」

「そうなんですか？　お母様、学院長について詳しいのですね」

「ええ。学院長の夫人は私の侍女だった子なのよ」

「ええ？」

まさかそんな関係だったとは。

「嫁ぐときに国元からついてきてくれた子でね。学院長と偶然出会い見初められて結婚したの。その縁で私もお付き合いをさせてもらっているわ。一見気難しそうだけど、実は融通がきくおおらかな性格だから、トリスちゃんも気軽に話しかけて大丈夫よ」

母はにこりと笑って言う。

「そ、そうですか……」

常に渋面で腕を組んでいる印象が強い学院長の姿を思い浮かべた。

（意外……融通がきくようにはまったく見えないのに）

しかし精霊の知識が豊富だというのなら、なんとか力になってもらいたい。

「お母様ありがとうございます。今日は少し早めに出て学院長に話を聞きたいと思います」

ベアトリスはすばやく食事を済ませると、レオを始めとした護衛とともに学院に向かった。

しかし残念ながら学院長には会えなかった。父たちと同様に、学院長も王宮からの呼び出しを受けて不在にしていたのだ。

仕方がなく教室に行くと、生徒たちの様子がいつもと違うことに気がついた。

多くの者が落ち着きがなく、動揺しているように見える。

（なにがあったのかしら）

疑問に思いながら席に着く。

ユリアンと側近ふたりはまだ来ていない。ツェザールは最近なぜか休みがちだから不在でもおかしくないが、いつも早めに到着しているユリアンとゲオルグがいないことには違和感がある。

「様子がおかしいけど、なにかあったの？」

ベアトリスはこっそりとカロリーネに声をかける。

カロリーネは無言ながら目線で肯定した。それからベアトリスに体を寄せて距離をなくす。

「一部の生徒の精霊の様子がおかしいそうなの」

周りに聞かれないようにしているのだろう。カロリーネの声はささやくような小さなものだったが、ベアトリスは思わず「えっ？」と高い声をあげてしまった。

カロリーネの顔にも驚きが浮かぶ。ベアトリスはキョロキョロと周囲の様子を確かめたが、幸い混乱中のためベアトリスの大声に気づいた者はいなかった。

「大きな声を出してごめん。驚いてしまって」

「大丈夫。でもそんなに驚くということはもしかして」

カロリーネの目が真剣になる。

「うん。私の精霊も朝からぐったりしているの。カロリーネのウンディーネはどう？」

ベアトリスは今度は声を潜める。

「この騒ぎを聞いて呼び出してみたんだけど、いつもと変わらないわ。生徒たちの間でも、異変がある者と問題ない者で分かれているみたい」

「そうなの……。なにか共通点があるのかしら」

「わからない。全員が正直に話しているとは思えないし」

「それはそうね」

精霊は自身の魔力を高め守る存在。もし異変があったとしても、本来軽々しく公言するものではない。まだ一人前ではない学生ということで、つい漏らしてしまった者がいて、それにつられた者もいるのだろう。

「学院長が精霊に詳しいそうだから相談しようと思って早めに来たんだけど、不在だそうなの」

「不在？　それはこの騒ぎと関係しているのかしら」

ベアトリスとカロリーネがこそこそ話していたそのとき、ふいに背後に人の気配を感じた。

ふたりで同時に振り返ると、見知った人物が佇んでいてベアトリスたちを見下ろしていた。

「あなたはたしか……」

ときどきユリアンと一緒にいるところを見かけた覚えがある。

「バッハ伯爵令息様」

カロリーネがそうつぶやき、次の瞬間はっとしたように我に返り頭を下げる。

「クロイツァー公爵令嬢、シェルマン男爵令嬢。応接室までご足労願います」

丁寧な口調だが有無を言わせない迫力を感じた。ベアトリスはカロリーネと顔を合わせてうなずき合うと、席を立った。

第十章　告白

「こちらにどうぞ」

通された応接室には、ユリアンの姿があった。

ソファーに座っていた彼は、ベアトリスが入室するとすぐに立ち上がった。

「ユリアン様？」

「ベアトリス、カロリーネ嬢。説明もなく呼び出して悪かった」

「とんでもございません、王太子殿下」

カロリーネが真剣な表情で答える。

「教室では皆が混乱していますから、こちらに呼んでいただいてよかったです」

ベアトリスがそう言うと、ユリアンはうなずきふたりにソファーに座るように促す。

「教室内の騒動は知っている。ほかのクラスはさらに混乱しているようだ」

「それは同じように精霊の件でしょうか？」

「そうだ。一部の者の精霊がダメージを受けたように弱っている。王宮でも早朝に使用人のひとりが気づき、騒ぎになった。公爵や学院長らを呼び出したのはその対応を話し合うためだ」

「そうなんですね」

つまり問題は学院の生徒だけのものではなく、もっと大きな範囲で起きているということだ。

「ベアトリスの精霊の様子はどうだ？」

「ピピも朝からぐったりしています」

ユリアンはその答えを予想していたのか、落ち着き払った様子でうなずく。それからカロリーネに目を向けた。

「カロリーネ嬢はどうだ？」

「私の精霊には目に見えた変化がありません」

これも予想通りだったのだろう。ユリアンはカロリーネに「ありがとう」と答えて机についた手を組んだ。

「変化があったのは弱い精霊。いや、強くない精霊と言った方がいいな。一定以上の力を持つ精霊には変化がないんだ」

ベアトリスはわずかに目を見開く。

「カロリーネの精霊が無事なのはそのせいなんですね」

カロリーネの精霊は攻撃力はないものの、強い力を持っている。

「いったいなぜ」

カロリーネが不安そうにつぶやく。

「神木に異変が起きたのだろう。いつ我々の精霊にも影響が出るかわからない」

「神木が？」

カロリーネの顔が青ざめる。彼女は神木の一部が枯れたのも聖女が行方不明なことも知らない。それだけに衝撃が大きいのだろう。

精霊が生まれる異界とこの世界をつなげる鍵である神木を失えば、この世から精霊が消える。そうなったら人々の魔力は著しく低下し生活に支障をきたす。例えば転移門を使うのは難しくなるだろう。国家間の勢力が変化し、戦が起きるかもしれない。おそらく想像するのも難しいほどの多大な影響があるだろう。

だから皆、必死に聖女を捜しているのだ。

ベアトリスの胸中に嫌な予感が込み上げる。

王家と三大公爵家が必死に捜しても見つからない聖女。そして突然の精霊の異変。

（もしかしたら、聖女様の命が危険にさらされているのかもしれない）

神木は自らに力を与える存在が失われつつあることに気づき、枯れてしまっているのだろうか。

（実際なにが起きているのか想像もできないけれど）

「まだ詳細はわかっていない。だが念のため生徒は帰宅するようにと、学院長からの指示がこれから出る予定だ。ふたりはその前に送るようにする。近衛騎士が迎えに来るから支度をしてくれ」

ベアトリスは素直にうなずいた。しかしカロリーネは戸惑いの表情だ。

「ベアトリスはわかりますが、私まで特別扱いをしていただくわけにはいきません」

「いや、カロリーネ嬢は貴重な上位治癒魔法の使い手だ。いつその力が必要となるかわからない状況の今、安全を確保するのは当然だ」

「承知いたしました」

緊迫感を感じ取ったカロリーネが、しっかりした様子で答える。

そしてすぐに動きだして、学院を後にした。

「ベアトリスは私が送る」

「ユリアン様が？」

「ああ。行こう」

ユリアンはためらいなくベアトリスの手を取り歩き始める。

ちらりとうかがい見た横顔には、滅多に見られない不安が表れていた。

（聖女様が無事か心配で仕方ないんだわ）

本音ではベアトリスにかまっている暇はないのだろう。一刻も早く解決に向けて行動したいはず。

「ユリアン様、私は大丈夫なので、早く王宮に戻ってください」

彼が責任感が強いのはわかるが今は非常事態。名前ばかりの婚約者を放っておいたとしても責める者はいないだろう。それ以前に、ベアトリスが相手では当然と認識されているかもしれないが。

ところがユリアンは信じられないといったように目を見開いた。

「なにを言っているんだ？　こんなときに君のそばを離れるなんて俺にはできない」

ふたりの関係からは考えられないセリフではあるが、一方でそれがユリアンの本心であるとも感じた。

（ユリアン様が自分のことを〝俺〟と言うのは素が出たとき）

つまり今の発言は彼が心からそう思っている表れと言っていい。

（でもどうして）

最近親しくなったとはいえ、聖女より優先されるはずがないのに。

「いくらベアトリスの頼みでもこれは聞けない。公爵邸まで見送らないと落ち着けないんだ」

「……はい」

ユリアンがここまで言うとなると、ベアトリスがどう伝えても聞き入れてくれないだろう。

車寄せには王家の馬車と近衛騎士が待機していた。

ユリアンに助けられて馬車に乗り込む。

すぐに走り出したが、ユリアンの手はまだベアトリスから離れず、むしろ先ほどよりもぎゅっと握られている。

「ユリアン様?」

いったいどうしたというのだろうか。常とは違う彼の様子に、ベアトリスの戸惑いはますます大きくなる。

ふたりで馬車に乗るときは、必ず向かい合わせだった。それなのに今は隣同士。

王家の馬車はゆったりした造りだから狭くはないのに、ユリアンとの間に隙間はなくてぴったり寄り添っている状態。

(この状況って……まるで愛し合う恋人同士のようだわ)

「どうした？」

応える声は信じられないくらい優しい。

「あ、あの……今日のユリアン様はいつもと様子が違う気がして」

いろいろ心配事が多くて、彼も動揺しているのだろうか。

「もしかして俺が君にかまうのが不思議なのか？」

「え、ええ……そうです」

正直にうなずくとユリアンは切なそうに目を細めた。

「君は俺にとって大切な人だ。この手で守りたいと思うのは当然だろう？」

「た、大切って……でも私は」

王太子の婚約者にふさわしくない悪女ベアトリスと言われているのに。最近ではそのような目を向けられる機会が減ってはいるものの、彼の側近であるツェザールからはいまだに嫌われている。

それくらい過去の行いがひどいのだ。少し仲がよくなった程度では許されないほどの罪がある。

それにユリアンは聖女を妃に迎える予定だ。

（聖女様なら未来の王妃様に誰よりふさわしいものね）

ずきりと胸が痛んだが、ベアトリスはそれに気づかないふりをする。

しかしユリアンはベアトリスの問いかけから目を背けなかった。

「俺は君を愛しいと思っている」

そう言い、ベアトリスの手をそっと持ち上げて口づける。騎士が姫に忠誠を誓うように。

大切に労わり慈しむその眼差しは、彼の言葉が嘘偽りのない真だと訴えているようだった。

ベアトリスは高鳴る鼓動を嫌と言うほど感じながら、ユリアンのサファイアブルーの瞳を見つめる。

「わ、私は……まさかそんなふうに言ってもらえるとは思わなくて」

ユリアンには嫌われていたはずだ。たしかに彼はベアトリスに嫌悪感を示していた。

怖い顔をしてベアトリスの失敗を責めて、時にはあきれたような目をしていた。

(でもあれは私がほかの生徒に迷惑をかけたから)

そうでないときの彼は、責めるような言葉を放たなかった。ツェザールのような心底憎いという目もしなかった。

過去については、ユリアンとの楽しい思い出はおそらくない。唯一婚約者としての初めての顔合わせのときは優しかったような気がするが、それだけだ。

（私が心を入れ替えたから？）

正確には以前のベアトリスではなく、ロゼ・マイネが混じった人格のベアトリスが、だが。

「そう思われても仕方がない態度だったと思っている。実際以前の俺は婚約を解消したいと考えていた。だが反省していると言って変わっていくベアトリスに対して、気持ちが変わった」

ユリアンはベアトリスから目を逸らさない。

「子どもたちに優しく接する姿や、真摯に学業に取り組む姿勢を尊敬している。友人と過ごすときの楽しそうな顔を見ていたら、いつの間にか愛しいと思うようになった。俺にもその笑顔を向けてほしい、もっとそばにいたいと。今さら虫のよい話だとはわかっている。それでも今の俺の正直な気持ちだ」

決して気持ちを強要するわけではない。ただ想いを伝えたかっただけだとユリアンは言った。

ベアトリスは激しく動揺していた。

（ユリアン様が私を好き？　……信じられない）

婚約破棄になると覚悟をしていたのに、あまりに想定外の状況だ。

「あの、でも聖女様は？」

側近であるツェザールが言ったことなのだ。ただの噂程度の話なわけがない。

「聖女を王太子妃にという話はあるが、俺の気持ちは今言った通りだ。妃に迎えたいのはベアトリスただひとり」

「わ、私は……」

動揺の激しいベアトリスに、ユリアンは小さく笑う。

「返事はしなくていい。今は俺の気持ちを知ってくれるだけでいいんだ」

「……はい」

「だが、俺がベアトリスを守ろうとするのを否定しないでほしい」

ベアトリスはこくりとうなずく。

そのとき馬車が止まった。公爵邸に着いたようだ。

ユリアンが先に降りて、車内のベアトリスに手を差し出す。

彼のやわらかな眼差しに胸がときめく。まるで夢の中にいるようにフワフワした気持ちになりながら、ベアトリスは大きな手を取った。

翌朝。相変わらずピピは具合が悪そうにぐったりしている。

「いったい、なにが起きているのかしらね」

いつも明るく滅多に動じない母が、浮かない顔でピピの様子をうかがっていた。

昨夜、父と兄は帰宅しなかったが、代わりに父の側近が戻り状況の説明をしたため、母もだいたいの事情を把握している。

「もし神木が枯れ果ててしまったら、ピピは消えてしまうのでしょうか」

「理屈としてはそうね。精霊は、神木がなかったらこちらの世界に来られないのだから。でもそんなことにならないようにお父様とランもがんばってるわ。信じて待ちましょう」

「でも、なにもせず待ってるだけなのはつらいです」

自分にもできることはないのか。ベアトリスは居ても立ってもいられない気持ちになる。

母はそんなベアトリスをなだめるように表情を和らげた。

「その気持ちはわからないでもないけど、トリスちゃんはここにいないとだめよ。そうでなければお父様たちが安心して務めを果たせないわ」

「……はい」

ベアトリスとて母の言うことはわかっている。神木についての知識が少なく、身を守る術もない自分が出ていっても足手まといになるだけだろう。自己満足で動いても家族の迷惑になるだけだ。

『君は俺にとって大切な人だ。この手で守りたいと思うのは当然だろう？』

ふいに昨日聞いたユリアンの言葉を思い出した。

（私が無茶をしたらユリアン様にも心配をかけてしまうものね）

ベアトリスは逸る気持ちを懸命に抑える。

「トリスちゃん、一緒にお祈りしましょう。必死に願えば少しは届くかもしれないでしょう？」

「はい、そうですねお母様」

（どうか皆が無事でありますように）

母とともに願いを込めた。

今直面している問題には関われず、学院も休みになっているベアトリスは手持ち無沙汰だった。

図書室にでも行こうとしたとき、屋敷内が急に騒がしくなったことに気がついた。

何事かと騒ぎが起きている玄関ホールの方に向かう。

大きな階段を下りている途中に、様子がはっきり見えた。

タウンハウスを仕切る家令が対応しているのは四人の騎士。先頭にいるのが上官なのだろうが、遠目にも見覚えがあった。

「ツェザール様」

思わずつぶやくと、まるで声が聞こえたかのようなタイミングでツェザールがベアトリスに気づいた。

目が合った習慣、彼から怒りのオーラが立ち上ったような気がして、ベアトリスは思わず身をすくめた。

そういえば彼とまともに顔を合わせるのは討伐訓練のとき以来だ。

「クロイツァー公爵令嬢」

ツェザールがベアトリスに呼びかけた。

「ツェザール・キルステン様、ごきげんよう」

ベアトリスは彼を家名で呼んでから、立ち止まっていた足を再び動かす。

近づくにつれてツェザールの顔がよく見える。その瞳にはあきらかにいら立ちが宿っており、彼がいまだベアトリスを嫌悪していることが察せられた。

「お待たせいたしました」

ベアトリスが緊張を覚えたとき、知らせを受けた母がやって来た。母はツェザールを視界に入れると、怪訝そうにわずかに首をかしげる。

「王宮からの使者と聞いたのだけれど」

ツェザールはベアトリスと対峙していたときとは別人のように、礼儀正しく公爵夫人に敬意を示しその場で膝をつく。彼の部下と思われる三人の騎士も同様にひざまずいた。

「第一騎士団所属ツェザール・キルステンと申します。先触れもなく訪問した無礼をお許しください」

「あなたは王太子の側近ね。今は平時ではないから仕方ないわ」

「ご理解いただき恐縮です」

体の前で腕を組んだ母は、鷹揚にうなずく。

「それでどのような用件なのかしら」

「はい。王太子殿下のご命令でクロイツァー公爵令嬢をお迎えに上がりました」

「娘を？」

母の表情が陰る。どうやら気に入らないようだ。

「王太子殿下は娘にどのような用があるのかしら」

通常なら王太子から召喚されたら、取る物も取りあえず馬車に乗り込まなくてはならない。しかしクロイツァー公爵家には、異議を申し立てる権力がある。といっても日頃からいちいち文句を言ったりはしない。比較的穏やかなのがクロイツァー公爵家の人々なのだ。

にもかかわらず今追及するのは、母がなにかを気にしているからだろう。

（お母様、どうしたのかしら）

「用件は直接令嬢にお伝えするとのことです」

ツェザールはひざまずいたまま答える。

「こんなときに詳細も知らせず、娘を送り出せと言うの？　王太子殿下らしくない命令ね」

「このような状況だからこそ、護衛として私を遣わしたのです。こちらを」

母の厳しい問いに落ち着いて答えたツェザールは、背後の部下から受け取った書状を母に差し出す。家令がそれを受け取り、母に渡す。

「……間違いなく王太子の印章ね」

母は書状が正式なものであると確認すると、仕方ないと言わんばかりにため息をついた。

「トリスちゃん、急いで支度をしてちょうだい」

「はい、ただいま」

ベアトリスは急ぎ自室に向かい、王宮に向かうための身支度をする。

侍女の手を借りて最速で身支度を整えると、玄関ホールに戻った。

ツェザールを始めとした騎士たちはひざまずいてはいないものの同じ位置にいた。

ただ、先ほどと違いホールにはレオと護衛がいる。

「念のため、公爵家の護衛もつけるわ」

母の言葉にツェザールたちが異議を申し立てることはなかったが、不満そうにしているのは肌で感じた。

しかし母は気にした様子もなく、レオと護衛に告げる。

「皆、娘を頼みましたよ」

厳しい眼差しは、普段の優しい母のものではなく、国内最高位の貴族夫人のものだった。

迎えの馬車にはベアトリスのほかにツェザールが乗った。

閉ざされた空間に彼とふたりきりなのは気が重いが、仕方がない。

レオたち公爵家の護衛が馬車の周りを馬で並走してくれているので、危険な目に遭う心配はないだろう。

(あまり構えすぎない方がいいわ)

びくびくしてばかりでは、ツェザールも気分が悪いだろう。それにいくら彼がベアトリスを嫌っていたとしても、ユリアンの側近なのだ。深刻な危害を加えられることはないはず。

(嫌みを言われたり、無視されるくらいよね)

多少はこたえるが、過去の自分の行いが原因なのだから、甘んじて受けよう。

そんなふうに割りきって王宮に向けて出発をしたベアトリスは、想像以上に気まずい空気にさらされて、居心地の悪さに苦しんでいる。

(ものすごく怒っているわ)

ほかに誰もいないからか、ツェザールは先ほどよりも敵意を隠さず鋭い目でベアトリスを睨んでいる。

(どうしよう)

過去の行動について謝罪しようかと考えたが、具体的になにをどう反省しているのかと聞かれたら答えられない。

ベアトリスなりに考えてみたが、ツェザールとの関係は険悪であるものの決定打になるような出来事が思い浮かばなくて、対応のしようがないのだ。

（なにに怒っているんですか？なんて聞いたら余計に怒らせてしまうだろうし）

ツェザールはベアトリスに比べて格段に体が大きく、そんな彼が不機嫌オーラを出していると怖さを感じる。

ぎゅっとドレスの上に置いた手を握りしめていたとき、それまで黙っていたツェザールが口を開いた。

「ユリアンがクロイツァー公爵令嬢は変わったと言っている。では今、昨年の冬季休暇の出来事をどう思ってる？」

「冬季休暇……」

ベアトリスはつぶやくのと同時に、かつてのユリアンの言葉を思い出した。

『あと少しで長期休暇になる。昨年のような騒ぎは起こさないように』

あのとき、なにがあったのか思い出そうとした。けれどどうしてもわからず、侍女のサフィなら知っているかもしれないと考えそれとなく聞いてみた。しかし『お嬢様は体調を崩されてふせっていました』と言われ、結局なにがあったのかはわからずじまいだったのだ。

しかしツェザールの様子では、とても重要ななにかがあったのだとわかる。

そして正直に覚えていないと言ったら、彼が怒るであろうということも。

(だからといって嘘をつくのはもっとよくないよね。勇気を出して覚えていないと答え、謝ろう)

「申し訳ありません。その件は覚えていないんです。なにがあったか教えていただけたら……」

ベアトリスに問題があったのなら謝りたい。そう言うよりも先にツェザールがぎしりと歯を食いしばり、それまで以上に憎悪の目でベアトリスを見すえた。

「ミリアムの……俺の妹を苦しめておいて、覚えてないだと？」

「妹？」

ふと脳裏をなにかがかすめた。

続いて、白い雪が積もる美しい庭園にかわいらしい貴族の令嬢がいる光景が浮かび上がる。

あと少しではっきり思い出せそうだと思ったとき、ツェザールの低く響く声が耳に届く。

「よかったよ。これで罪悪感を持たずに済む」

それは背筋がぞくりとするような残酷な声音だった。

「……ツェザール様？」

ここにいてはだめだと本能が告げる。ベアトリスは身構えて車窓の向こうに視線を移す。レオと護衛に助けを求めようと思ったのだ。

けれど、つい先ほどまでベアトリスを守るように馬車の近くにいたはずの彼らの姿が見あたらない。

さあっと血の気が引くのを感じたそのとき、ツェザールの大きな手がベアトリスの肩を掴んだ。

声にならない悲鳴をあげたのと同時に、意識が暗闇に包まれた――。

◇◇

必死に走っているのに足音がどんどん近づいてくる。

しかも迷いなく真っすぐ自分に向かってきているのだ。

（追われているわ）

込み上げる恐怖に、ロゼ・マイネは叫び出したい気持ちになった。

もちろん実際にそんな真似をしたら居場所を知らせるようなものだから、口をきつく結んで耐えているが、見つかるのは時間の問題だと感じた。

物騒なことには無縁の平民として、慎ましく生きてきた。

（私がまさか、こんな異常な事態に巻き込まれるなんて信じられない！）

でも、すべて自分で選んだ結果だ。

怖くてどうかしそうだが、間違ったことはしていない。もしやり直せても自分は同じ選択をするだろう。

（私は正しい行いをしているのよ！）

そう自分を奮い立たせて、痛みを訴える足を必死に動かす。

だんだん明るくなってきた。人の手によって木々が伐採される入口近くに来たのだろう。きっともう少しで森を抜ける。そう遠くないところに町があるはずだ。そうしたら誰かに助けを求めて……。

ようやく希望が見えてきたそのとき、突然前方の空気が揺らいだ気がした。

息をのむロゼの前に、魔力の光が広がる。

「あれは転移の魔法？」

遠い距離を一瞬で飛べるという魔法陣。大きな町や重要な施設に設定されているが、使用に魔力が必要なため、平民にはあまりなじみがない。

ロゼも利用したことがないが、院長のお使いで一度だけ転移門に近づく機会があったので、魔法陣に見覚えがあった。

しかしなぜ、こんなひとけのない森の中にあるのだろう。

立ち止まり様子を眺めている間に、魔法陣の輝きが消えていく。直後そこには白地に薄緑の刺繍を施した服をまとう数人がいて、ロゼの行く手を遮るように佇んでいた。

フィークス教団の神官たちだ。

「ひっ!」

ロゼは引きつった悲鳴をあげて、森の奥に逃げようとした。出口からは遠くなるが、今はそんなことを言っている場合じゃない。

とにかく彼らから逃げなくては。

必死になって駆けるロゼの背後で、シュッとなにかを切り裂くような音がした。

それがなにかを確かめようとしたときにはロゼの体中に激しい痛みが襲ってきて、地面にぶざまに転がっていた。

(い、痛い……なにをされたの?)

悲鳴をあげる暇もない一瞬の出来事。けれどロゼの行動を封じるには十分すぎるほどの威力だった。

地面についた腕には無数の傷があり、赤い血が滲み出している。

きっと体中同じような状態なのだろう。

ロゼはがくがく体が震えるのを感じていた。

きっともう自分は無事に森から出られない。そう悟ってしまったからだ。

絶望の中、神官たちがロゼを囲った。


それからどれくらいの時間が経ったのだろうか。

ロゼは魔法陣で別の森に連れていかれた。角を持つ巨大な狼に遠巻きに眺められながら、荷物のように乱暴に担がれた状態で進み、古い神殿の祭壇の前に放り出された。

その後受けた仕打ちはひどいものだった。恐ろしい魔法で何度も痛めつけられ、血まみれになって転がっている。体を動かす気力はもう残っていなかった。

「いい加減白状しなさい。これ以上傷を負えば治癒魔法でも癒しきれなくなりますよ」

口調は丁寧ながらも、心の底から震えがくる冷たい声だった。

ロゼは先ほどから自分を苛む神官たちの主に視線を移した。緑色の髪をした彼は、白地に金糸銀糸で装飾をされたひと際立派な神官服を身につけている。

「わ、私は……なにも知らない」

掠れた声でそう言うと、喉の奥から血が込み上げた。

「ならばなぜ、あなたは私たちに逆らい逃げたのです?」

「それは……」

「あなたが聖女をかくまっているからでしょう?」

「ち、違う……わ、私は聖女なんて知らない」

(それしか言っちゃだめよ!)

ロゼは必死に自分に言い聞かせながら、三日前に孤児院に突然神官が押しかけてきたときの出来事を思い出していた。

『我々は森で迷子になってしまった聖女様を捜しています。心あたりはありませんか?』

問われたロゼは、とっさにレネを思い出していた。

森で出会ったとき平民の子には見えないと感じた。それにレネが身につけていた服は、神官たちのローブにどこか似ていた。

院長とシスターに相談して、ひとまず神官には知らないと答えた。

その後、念のためレネに確かめると、彼女は激しく震えだし、絶対に帰りたくないと言った。

『ロゼ。私を捨てないで。ずっとそばにいて』

『で、でも……』

『帰ったら、私死んじゃうよ』

その言葉に衝撃を受けた。同時に、出会った頃のレネが栄養失調で言葉もろくに話せなかったのを思い出したのだ。

おそらく神官たちはレネを虐待していた。『聖女様を捜しています』と言ったが、あれは嘘かもしれない。だって本当に聖女だったら虐げるはずがない。

もしレネが真実の聖女だとしても、死ぬかもしれないところに返すわけにいかない。

その決断は間違っていなかった。こんな残酷な神官たちにレネを渡したら、大変なことになっていたはずだから。

だけど、まさか自分が死ぬことになるなんて思わなかった。

ロゼは乾いた笑いを浮かべた。

（レネ……今頃どうしているのかしら）

神官たちを避けて隠れていた森の小屋の裏手で別れたとき、迎えに来るまで薪箱から出てはだめだと言ってしまった。

言いつけを守っていまだに待っていたらどうしよう。ロゼが来ないと気づいて出ていてほしい。

幸い神官たちは、薪箱の存在に気づいていないらしい。今ならどこか遠くに逃げられるはず。

本当の妹のようにかわいがっていた幼いレネの身を案じている間にも、神官はなにか話している。やがて周囲が騒めき始め、神官たちがなにかを叫んでいるがもうよく聞こえなかった。

意識がどんどん薄れていく。そのとき。

「ロゼ！」

悲痛な叫び声が聞こえ、ロゼは閉じかけていた目をぱちりと開く。ドンッという強い衝撃とともに、もう動かない体に小さななにかが覆いかぶさるように抱きついた。

「……レ、ネ？」

（神官たちにつかまってしまったのね……）

「ロゼ、ごめんなさい！　私がわがままを言ったから！　だからロゼがこんな目に……」

「……助けてと言うのはわがままじゃないのよ」

レネはなにも悪くない。幼い子が自分を虐げる相手を恐れるのはあたり前だ。悪いのは神官たちだとそう言ってあげたいのに、もう口が動かない。

「ロゼ？　嫌だよ、目を開けて」

レネは目を閉じるロゼに、泣きながらすがる。

「ご、めんね……」

もう目を開けることはできない。

「お願い神様！　ロゼを連れていかないで。大事な人なの……ずっと一緒にいようって、これからはたくさん願い事を叶えようって約束したの！」

レネの泣き叫ぶ声がどんどん小さくなっていく。

最後に温かな金の光に包まれた気がしたけれど、ロゼが目を開けることは二度となかった。

第十一章　大司教の罠

勢いよく水面に浮かび上がるように、ベアトリスは目を覚ました。

「い、今のは……」

前世の自分が出てくるいつもの夢だが、あまりに恐ろしい内容だった。

これまでもなにかから逃げる夢だったけれど、ついに追っ手が姿を現したのだから。

それも聖女を捜していて、そしてその聖女がレネだったなんて。

夢とは思えないほど現実的で、目覚めた今も心臓がドキドキしている。

胸もとを右手で押さえたとき、今さらのように異変に気がついた。

（ここはどこ？）

見覚えのない部屋だ。慌てて上半身を起こし、周囲を見回して鉄製の格子窓に気づくと、ふるりと体を震わせた。

（私、幽閉されているの？）

横たわっていた粗末なベッドから静かに降りて格子窓に近づく。

やはり中から外に出られないようになっていた。反対側の壁には出入口の扉があるが、きっと外から鍵がかかっているのだろう。

それでも確かめてみようと扉に近づこうとしたそのとき、足音が聞こえてきてベアトリスはその場で身構えた。

乱暴に扉が開き、入ってきたのはツェザールだった。

彼は依然として険しい顔で睨んでくる。いつもならつい目を逸らしてしまうが、ベアトリスは込み上げる怒りを力にして彼を睨み返す。

ツェザールは少し動揺した様子だったが、ゆがんだ笑みを浮かべた。

「ついに本性が現れたみたいだな」

「ツ、ツェザール様、これはどういうことですか？」

状況からこの場所に連れてきたのは間違いなく彼だろう。

いったいなぜこんな真似をしたのか。この行動はユリアンへの裏切りだとわかっているのか。

問いつめたいことは多くある。

「お前に会いたいとおっしゃる方がいるため連れてきた」

「私の護衛はどうしたんですか？」

「邪魔をしたので部下に足止めさせている。少々強引だが、ほかに方法がなかったから仕方がない」

ツェザールはどうでもよさそうに答える。

「仕方がないって……これは犯罪行為だわ」

「そうだな。だが犯罪に手を染めてでも、お前のような悪女を王太子妃にするわけにはいかない。それがこの国のためだ。ユリアンはすっかり腑抜けてしまったが、俺はなにがあっても騙《だま》されない」

（この人は私がなにを言っても信じてくれないのね）

ベアトリスは込み上げる怒りをぐっとこらえた。

ツェザールを責めたい気持ちでいっぱいだけれど、今はここを脱出する方法を考えるのが優先だ。

「私に会いたい人とは誰なんですか？」

「今から向かう。ついてこい」

ベアトリスの意向はいっさい考慮されないようだ。彼の態度には不満しかないが、この小さな部屋に閉じ込められているよりは、状況を把握するために外に出た方がいいかもしれない。

ツェザールに続いて部屋を出る。ベアトリスが閉じ込められていたのは大きな建物の三階部分のようだった。石造りの階段を降りて進んでいくと、だんだん明るくなってきた。

(外に向かっているみたい)

ベアトリスは神経を尖らせ、周囲を観察していく。

(ここはたぶん神殿ね。柱や天井の形が神殿独特のものだもの)

この先に待っているのは神殿の関係者なのだろうか。ますます気が滅入ってくる。

(さっきの恐ろしい夢が現実だったとしたら、神官は善人じゃないわ)

建物から出て中庭のようなところを進む。すると石畳の広場の中央で、金糸銀糸で装飾された豪華な神官服をまとった神官がひとり佇んでいた。

神官は近づくベアトリスを見て、目を細めた。

彼の緑色の髪は艶やかで豊かだが、目じりには深いシワが寄っていて年齢が予想できない。身につけているものから高位の神官だと考えられるが、七十歳を超えるというドラーク枢機卿ではないだろう。

「スラニナ大司教。クロイツァー公爵令嬢をお連れしました」

「ツェザール殿、ごくろうさまです」

ツェザールは騎士の礼で返す。

「ベアトリス嬢、このように呼び出して申し訳ない」

スラニナ大司教は穏やかな口調で告げた。誘拐されたくらいだからもっとひどい扱いを受けるだろうと予想していただけに、ベアトリスはまるで平常時のような彼の態度に戸惑う。

「あの……なぜ私を？」

「それはあなたに頼み事があるからです。王太子殿下とクロイツァー公爵にあなたとの面会を依頼したのですが、断られてしまいました。そのためこうしてツェザールに連れてきてもらったのです」

「頼み事？」

神殿と関わりがなく政治にも介入していないベアトリスに、フィークス教団でもドラーク枢機卿に次ぐ地位である彼がなんの頼みがあると言うのだろうか。予想はできないが、父とユリアンがベアトリスに知らせもせずに断ったというのなら、きっとよくないことだと思う。

不安が募り、ベアトリスは顔を曇らせる。

「実際見てもらった方がいいでしょう」

スラニナ大司教は微笑みながらそう言うと、広場のさらに向こうに足を向けた。

「こちらに」

行きたくはないが、背後にはツェザールがいてベアトリスに早く行けと言わんばかりに圧力を加えてくる。

仕方なく進むと、行き止まりだと思っていた石畳の先に下りの階段があった。かなり昔に造られたのか一段一段が大きく歩きづらいし、あちこち石が欠けている。

ドレスのスカートを掴みながら慎重に階段を下りていくと、目の前に信じられない光景が広がった。

「これは……」

ベアトリスの声は情けなく震えてしまった。視界の先にあったのは、信じられないくらい巨大な樹だったのだ。

なにもないただひたすら広い空間に、枝葉を広げた巨大な樹の堂々たる姿があった。

聞かなくてもわかる。これが神木なのだろう。

「その様子ではここに来るのは初めてですね」

「は、はい……遠目に拝観したことはあるのですが」

しかしこれほど近くで見られるのは限られた者だけだ。例えばユリアンや公爵家の当主である父など。

(こんなに大きな木だとは思わなかった……なんだか怖い)

「神木の右側に黒い靄《もや》がかかっているのが見えますか?」

「え? ……はい、見えます」

スラニナ大司教の手が指し示す方向に目をやると、たしかに枝がすすを被ったように黒ずんでいる。

「神木が枯れかけている証です」

「あれが? 普通の樹とは症状が違うのですね」

葉に栄養が不足しているというより、汚染されているように見える。

「驚かないところを見ると、ある程度王太子殿下から聞いているようですね。では話が早い。あなたに頼みたいのは、神木の回復です」

「……え?」

ベアトリスは大きく目を見開いた。スラニナ大司教の言葉が信じられなかったのだ。

「な、なにをおっしゃるんですか? 私にそんなことができるはずがありません。だって神木を癒せるのは聖女様だけでしょう?」

(だからユリアン様も父も兄も、必死に聖女様を捜しているんじゃない!)

しかしスラニナ大司教は自信にあふれた様子でうなずいた。

「その通りです。ですが大変異例なことに、ベアトリス嬢にも神木を癒す力があると判明したのです」

「ま、まさか！　私にはそんな力はありません。初歩の魔法だってろくに使えないのです」

「いいえ。あなたには特別な力があり、その力は日々強くなっています。おかげで我らが感知できたのです」

とても信じられない話だが、スラニナ大司教は真剣だ。

「私は聖女ではないんですよね」

ほぼ間違いなくレネが聖女だが、念のために確認する。

「はい」

即答だった。

「だったら、仮に私に特別な力があるとしても、できません。神木に私の魔力を流しても悪化したらどうするのですか？　聖女様を捜すべきです」

(レネは今どうしているのかしら。無事なの？)

心配で今すぐ捜しに行きたい衝動に駆られる。

「残念ですがそれでは間に合いません。神木には一刻も早く魔力を与える必要があるのです。ベアトリス嬢、あなたは神木が枯れてもいいと考えているのですか？」

「いいえ、そんなことは言ってません。ただ……」

ベアトリスが反論の言葉を探していると、それまで黙って控えていたツェザールが一歩前に出た。

「スラニナ大司教、聖女がすぐに見つからないと、なぜ断言できるのですか？」

横目で見たツェザールの顔には、それまでなかったスラニナ大司教への不信感が浮かんでいる。

ずっと微笑んでいたスラニナ大司教が、初めてほんのわずかではあるものの不快さを見せた。

「それは部外者には申し上げられません」

「どういうことですか？　クロイツァー公爵令嬢を連れてくれば、聖女の居場所につながる情報を渡してもらうと約束したはずですが。そもそも彼女に特別な力があるなんて聞いていない」

どうやらツェザールはスラニナ大司教に騙されたようで、予想外の展開に憤慨している。

「必要がないから話さなかったまでです。ツェザール殿、あなたの役目は終わりました。ここには必要ありませんのでお引き取り願いましょう」

「なっ！　お待ちください……」

スラニナ大司教に詰め寄ろうとしたツェザールだが、ぎくりとした様子で体をこわばらせた。

「ツェザール様、どうしたのですか？」

彼の変化にベアトリスは怪訝な顔をする。

「黙ってろ」

「私は心配して……え？」

ツェザールの一方的な態度に怒りを覚えたベアトリスは彼に詰め寄ろうとした。しかし、次の瞬間びくりと肩を揺らす。

いつの間にか、ベアトリスたちの周りを多数の神殿騎士と神官が取り囲んでいた。

「な、なんで？」

気配すら感じなかったのに、どこから現れたというのだろう。

「おそらく転移門がある。発動の気配を感じさせない特別なものだろう」

ツェザールが緊張した様子を見せる。彼にとっても予想外で、警戒する状況なのだ。

「脅すような真似をしたくはなかったのですが、仕方ないですね」

スラニナ大司教はまるで被っていた仮面を捨てたように、微笑みを消し酷薄な表情を浮かべていた。

（この顔どこかで……）

ベアトリスはあぜんとしながらも、込み上げる既視感に戸惑いを覚える。

スラニナ大司教に強いなにかを感じるのだ。

「ベアトリス嬢はずいぶん頑固のようです。面倒なので聖女の居所を教えてあげましょう」

「知っていたのか！」

ツェザールが叫ぶ。スラニナ大司教は嫌そうに顔をしかめた。

「うるさい男だ。しばらく黙っていろ」

そう吐き捨ててなにかつぶやくと、ツェザールが喉を押さえて苦しみだした。

「ツェザール様？　いったいなにが……」

「魔法で声を封印したのですよ。痛みはそのうち取れます」

慌てるベアトリスに、スラニナ大司教はなんでもないように答える。

「どうしてそんなひどいことを」

ツェザールは彼らの協力者ではないのか。

「そんなつまらないことよりも、ほら、あそこを見てみなさい」

スラニナ大司教が埃を払うように手を振る。すると神木の前にそれまで見えなかったなにかが現れた。

「あれは……」

ベアトリスは目を凝らす。そして息をのんだ。

神木の前には小さな女の子が横たわっていた。かなりの距離があるのに、スラニナ大司教の魔法なのだろうか、不思議なほどによく見える。

少女は胸の上で手を組み眠っている。彼女の周りは氷のようなもので覆われていた。

けれど驚愕したのはそれが原因ではない。眠りについている子どもの顔は、ロゼだった頃の記憶に強く残っているものだったのだ。

「レネ！」

思わず叫んだベアトリスに、スラニナ大司教が怪訝な眼差しを向ける。

「ベアトリス嬢がなぜ聖女の名を？」

不審そうな問いかけに応える余裕はなかった。

（どうして？　どうして年を取っていないの？）

レネの姿はいまだ子どもで、ロゼが妹のようにかわいがっていた頃のままなのだ。

「大人になっているはずだわ……」

そうだ。ユリアンが聖女は二十六歳だと言っていたではないか。

レネが成長したらその年頃になる。

（あの子どもは別人なの？　いいえ、そんなはずがない）

混乱して考えがまとまらない。それでも込み上げるものがあり、目の奥が熱くなる。

あの子はレネなのだと、本能が訴えているのだ。

「ベアトリス嬢はずいぶんと動揺しているようですね」

「……なぜあのような状態に？」

スラニナ大司教は肩をすくめた。

「聖女は自ら眠りについたのです。目覚めを待っていましたが一向にその時がやってきません。だからあなたの力が必要なのですよ」

「自ら眠りについたって……」

それが本当なら、レネは生きるのを拒否したということだ。

「……どうして聖女様を虐げていたの？」

ふとそんな言葉がこぼれた。

「これは驚いた。ベアトリス嬢はずいぶんと想像豊かな方だ」

スラニナ大司教はさも驚いたような口ぶりだ。しかしその目にはいら立ちが浮かんでいる。

「自ら眠りについたのは、現実から逃げたいからでは?」

スラニナ大司教を初めて見たときから感じていた既視感の正体に、ベアトリスは気づいていた。

彼はかつてロゼに非情な暴行を加えて殺害した神官その人だ。聖女はどこだと尋問する殺気に満ちた顔を鮮やかに思い出せる。やはりあの夢は前世の記憶だったのだ。

(ロゼはレネを渡したら危険だと確信したからこそ彼の尋問には答えず、拷問された末に息を引き取ったんだわ)

ずっと前世の最後を思い出せなかったのは、あまりに恐ろしい記憶のため心が壊れないよう防衛本能が働いていたのかもしれない。

ロゼが息を引き取るとき、レネは悲痛に泣き叫んでいた。あの場にいたのは神官に見つかってしまったからだろう。ロゼの死後、絶望して、自ら聖女の魔法で眠りについたのかもしれない。

込み上げる怒りがベアトリスを強くした。きつくスラニナ大司教を睨みつける。

「どうして聖女を大切にしなかったの? 眠りについているとはいえ、ここにいるのに行方不明と嘘をついていたのはなぜ?」

「事実を言うわけにはいかないからです。それにしても、王家が神木の異変をかぎつけて騒ぎ始めたのは我々にとって迷惑でしかありませんでした。聖女を虐げた覚えはありません。ただレネはずいぶんと強情な性格で、我々の指示に従おうとしなかった。だからしつけをしただけですよ」

「しつけ? 小さな子どもになにをしたの?」

「いわゆる折檻《せっかん》ですよ。貴族の子どもだって失敗をしたら叱られるでしょう。それと同じです。だというのにまさか逃げ出すとは。本当に手間のかかる子です」

「きっとあなたたちのしつけは普通の範囲を超えていたんだわ。子どもが逃げたくなるほどに。なぜ聖女様を支配しようとしたの? 本来神殿は、神木と聖女様を守る役割を担っているのではないの?」

まるで、聖女よりもスラニナ大司教の意向が優先されるとでもいうような言い分だった。

「それは表向きの話です。あなたは知らないだろうが、神殿と国中に広がる教徒を管理支配してきたのはドラーク枢機卿様なのです。聖女はその手助けをするだけ。奇跡を起こしその力こそがドラーク枢機卿様の権威となるのです。ところがレネは指示に従わなかった。しまいには、名もない平民の娘におおいなる祝福を与え、無駄に力を使った。眠りについたのはその結果だ。聖女の力は無限ではないのです。だから管理する賢い者が必要なのです」

スラニナ大司教は自分たちこそが正義だと信じて疑っていない様子。ベアトリスは恐怖を覚えた。

彼には言葉が通じないと確信した。しかも信じられないくらい残虐だ。罪のない平民の女性を痛めつけて殺せるほどに。

ロゼの記憶が彼に対する恐怖を煽《あお》る。

「さあ、くだらない話はこれまで。ベアトリス嬢、神木に力を与えてください。時間がありませんよ」

スラニナ大司教がベアトリスの肩を乱暴に押す。さらに階段を下りて神木のすぐそばへ向かえと言うのだ。

「こんなことをして、あなたは無事で済むと思ってるの？」

「ええ、もちろん」

「私が誰かに話したらどうするの？」

スラニナ大司教は冷酷な笑みを浮かべた。

「ご心配なく。手は打ってありますよ」

ベアトリスは体中震えるような寒気に襲われた。彼がベアトリスを家に帰すつもりがないと気づいたからだ。

(以前のように私を殺す気なの?)

しかし平民で肉親がいなかったロゼと違い、今のベアトリスは公爵令嬢だ。しかも王太子の婚約者。それでも消せるというのだろうか。

そのときはっと気がつき、おそるおそるツェザールを見た。彼は無念さを滲ませ、握った拳からはポタポタと血が滲んでいた。

(すべてツェザール様のせいにして、私を消すつもりだわ)

だが気づいたところでどうしようもない。神木に魔力を与えるのを拒否したら、もっと残虐な方法で言うことを聞かせるつもりだろう。

だからといって、言いなりになるわけにはいかない。

「断ります」

もし神木を癒す力が本当にあるのだとしても、スラニナ大司教の思惑通りにはさせない。彼は罪人として捕らえて処罰しなくては。

(そうじゃなかったらレネもロゼも報われない)

「少し痛い目を見ないとわからないようですね」

スラニナ大司教が片手を振り上げる。魔力が集まる気配を感じ、ベアトリスは身をこわばらせて目を閉じた。

しかし衝撃は襲ってきたものの、痛みはない。

こわごわ目を開けると、ベアトリスの前には血だらけのツェザールが立ちふさがっていた。

「ツェザール様⁉」

まさか彼がベアトリスをかばうなんて。

そんな様子を見てスラニナ大司教は酷薄に笑った。

「かばっても無駄ですよ。私は魔法を無限に放てますが、あなたの体は持たないでしょう」

ツェザールが無念そうにうなだれる。

「さあ、ベアトリス嬢、この男を殺されたくなかったら、私にしたがってもらいましょう」

ベアトリスはゆっくりと階段を下りた。

神木に着くまでに現状を打開する策を考えつかなくては。だけどなにも浮かばない。刻一刻と神木が近づいているというのに。

自分に魔力があるとはいまだ信じられないが、万が一なにか作用してしまったら、とんでもないことが起きるかもしれない。

レネが横たわる台座の目の前に来た。

間近で見た彼女は、思い出と少しも変わらない姿で目を閉じていた。

(今レネが目覚めてくれたら……)

正しい方法で神木を蘇らせることができるのに。

でも、スラニナ大司教を排除できないこの状況で目覚めたら、レネはきっと不幸になる。

どうすることもできない無力さに打ちひしがれて、ベアトリスは心が折れそうだ。

(誰かが助けに来てくれたら……)

ツェザールはユリアンにすら言わずに行動した。レオたちに期待がかかるが、彼らが無事という保証もない。

絶望が心を覆っていく。

「ベアトリス嬢、早くしなさい」

スラニナ大司教の声が背中を押してくる。

それでも動けないでいると、彼の手が銀色に光る。

彼はその手をベアトリスに向けて突き出した。

(また魔法で攻撃する気？ ここにはレネだっているのに)

あぜんとしている間に、魔法の刃が襲ってくる。

とっさにレネをかばい立ちふさがる。

そのとき、フワリと空気が揺れてベアトリスの周りに炎が立ち上った。

「え……これは？」

まるで守るようにベアトリスを囲っていて、スラニナ大司教の攻撃は炎に阻まれて届かない。

(いったいどうして？ あ……)

ベアトリスの胸もとが赤く輝いていた。

(お兄様がくれたアミュレット……これが私を守ってくれたんだわ)

クロイツァー公爵家の紋章が刻まれたそれは、強い力でベアトリスを守っていた。

ほっとしたが、この守護がいつまで続くかわからない。

早く助かる方法を考えなくては。

焦りながら必死に思考を巡らせていたとき、ふいに空気の流れが変わった気がした。

炎の結界が消えていく。

「あ、あなたは！」

スラニナ大司教がそれまでになく動揺した声をあげる。

ベアトリスは閉じていた目を開く。そして次の瞬間泣きだしそうになった。

「……ユリアン様」

視線の先には敵からベアトリスをかばうように、すっと伸びた広い背中があった。

彼はベアトリスの頼りない呼びかけの声に、前方を警戒しながら振り向く。

「遅くなってすまない。大丈夫か？」

優しい労わりの声だった。それはさらわれてからずっと緊張し続けていた心に染み渡り、ベアトリスの涙腺を崩そうとする。

じわりと涙が浮かび揺らめく視界に、心配そうなサファイアブルーの瞳がある。

「ユリアン様……スラニナ大司教はとても恐ろしい人です」

ユリアンは痛ましげに目を細める。

「わかっている。ベアトリスにはこれ以上いっさい近づけない。必ず守るから」

彼の言葉が心強くてうれしかったからか、危機から脱した安堵からか、ベアトリスの目からとうとう涙がこぼれ落ちる。必死に虚勢を張っていたが、怖くて仕方なかったのだ。

ユリアンはわずかに動揺したが、迷いを断ちきるように視線を前に向けた。

「ベアトリス、聖女のそばから動かないでくれ」

「はい」

言われた通り、レネの台座に寄り添うように立つ。ユリアンがなにをするつもりなのかわからないが、邪魔にだけはなりたくない。

「スラニナ大司教。お前の罪はあきらかになった。捕らえて王宮に連行する」

ユリアンの凛とした声が響く。

スラニナ大司教の顔に焦りが浮かぶが、それでもまだ挽回できると信じているようだ。彼は教徒に教えを説くときのように両手を広げ、語り始める。

「王太子殿下、大きな誤解があるようです。我々は聖女を見つけ、ベアトリス嬢の協力のもと、神木を癒そうとしていたのですよ。それは本来のフィークス教団の役割であります」

慈悲深くも見えるその姿は、事情を知らなければ惑わされてしまいそうな神聖なものだった。しかしユリアンはわずかにも揺らがなかった。

「お前たちの行いはすべて露見している。そこにいるツェザールによってな」

「ま、まさか？」

スラニナ大司教の顔が驚愕にゆがみ、声を消されたツェザールを憎々しげに睨む。

自分たちが騙していたつもりが騙されていたのだから、驚きは相当のものだろう。

それはベアトリスも同じだった。

（ツェザール様がユリアン様のスパイの役割をしていたなんて）

ベアトリスを睨む目には間違いなく憎悪があった。それだけに、彼がユリアンを裏切り神殿に手を貸していてもおかしくないと思ったのだ。

（でもツェザール様がスパイだとしたら、私が誘拐されたのはユリアン様も同意の上の行動だったんだわ）

ずきりと胸が痛んだ。神殿が聖女を隠し、王家に嘘をついていた悪事を暴くには仕方がなかったのかもしれないが、利用された事実はベアトリスの心を苦しめる。

だけど、おかしな点があることにも気がついた。

ユリアンは『遅くなってすまない。大丈夫か？』とベアトリスに言った。

スラニナ大司教を捕らえる機会をうかがっていたのだとしても、少し違和感のある言い方だったように思う。

ベアトリスが悩んでいるうちに、状況が変化した。窮地に立ったスラニナ大司教が、神殿騎士に命じ、ユリアンにまで牙をむいたのだ。

王太子にまで攻撃するとは、しかも神木の間近で戦闘を行うなんて考えられない。

「ベアトリス、そこから動くなよ」

ユリアンは剣を鞘から抜くと、襲いかかってくる神殿騎士たちを人数をものともせずに撃退していく。

以前彼とふたりで迷った森の中でも感じたが、圧倒的な強さにただただ驚愕するばかりだった。

戦闘は予想していたよりもずっと早く片がついた。誰もユリアンに敵う者がいないのだ。

「スラニナ大司教、ここまでだ。降伏しろ」

ユリアンが剣を鞘に戻しながら告げる。

「い、嫌だ……私が降伏などありえない」

優位性を失ってからのスラニナ大司教は、余裕などなにもなくぶざまですらあった。

多くの者に危害を加えておきながら、自分が傷つくことへの覚悟がいっさいない。

ユリアンは厳しいが残酷ではない。スラニナ大司教の罪は公の場で裁くはず。それなのにあまりに見苦しく、あきらめが悪い。

（かつてロゼをいたぶり殺した、誰よりもなによりも恐ろしいと思っていた彼が、こんなに弱かったなんて）

言葉にできない苦しさがベアトリスを襲う。

もう見ていられずにスラニナ大司教から視線をはずしたそのとき。

空気が一気に熱を持った。風が吹き荒れ、禍々《まがまが》しい気配が立ち上る。

何事かと再びスラニナ大司教に目をやると、彼の背後には老齢の神官がいつの間にかいて、その手にした杖から魔力を放っているところだった。

「ドラーク枢機卿、なにをする！」

ユリアンの声があがる。

「王太子、我々の罪が公になれば教徒は教えを捨てるでしょう。教団は終わり我々は処刑される。それが避けられないのなら、皆を道連れにした方がこの心も晴れるというもの」

あまりにも身勝手な言葉だが、ドラーク枢機卿もスラニナ大司教も自分たちが正しいと信じているようだった。狂信者のようなその姿に背筋が冷たくなる。

「滅びろ」

呪いの言葉のようなドラーク枢機卿の声が響き、杖から赤黒い炎がほとばしる。

炎は真っすぐベアトリスの方へ、つまり神木に向かってくる。

ユリアンが駆け出しながら叫んだ。

「フェンリル！」

その瞬間、蒼銀に輝く氷狼が現れる。

ユリアンが使役するフェンリルの氷が、ドラーク枢機卿の炎に打ち勝ち、世界を覆っていく。

その幻想的な光景に、ベアトリスは息をするのも忘れて見惚れていた。

第十二章　大切な人と再会

やがて辺りは静かになる。

ドラーク枢機卿とスラニナ大司教だけが、氷の魔法で動きを封じられながらも逃げ出そうと足掻いていた。

ユリアンは彼らに近付き、剣の柄頭《つかがしら》を打ちつけて意識を奪った。

「よ、よかった……」

直面していた危機は去ったと、ベアトリスはその場にへたり込んだ。

「ベアトリス」

ユリアンが慌てた様子で駆け寄ってくる。フェンリルはいつの間にか異界に帰ったようだ。

「大丈夫か？」

「なんとか。ユリアン様はおけがはありませんか？」

「俺は大丈夫だ」

ユリアンはベアトリスの体を優しく支えて引き上げる。それから眠るレネに目をやった。

「この子が聖女か」

「はい」

「ベアトリスは聖女を知っていたんだな」

「え？」

なぜユリアンがそれを知っているのだと怪訝な顔をするベアトリスに、ユリアンが少し気まずそうな笑みを浮かべた。

「ツェザールは自分が聞いた音声を指定した相手に送る魔法が使えるんだ。ベアトリスとスラニナ大司教の会話も聞こえていた。そこから予想したんだが、間違っていないだろう？」

あのツェザールにそんな力があったのかと驚きながら、ベアトリスはうなずく。

「はい。私はこの子を知っています。でもどうやって知り合ったのかを話しても、ユリアン様は信じられないと思います」

前世で大切にしていた妹のような存在だと言って誰が信じられるのだろうか。

「俺は信じるよ」

「え？」

思いがけないユリアンの言葉に、ベアトリスは目を瞬く。

「召喚式の日から君は別人のように変わった。それもいい方向へ。それでもふとした拍子に以前の面影が出てくる。君は間違いなくベアトリスだが、なにかがあったのは間違いない。それが突拍子のない話だったとしても、俺は信じて受け止める」

ユリアンの眼差しはどこまでも優しい。

ベアトリスの胸はトクトクと高鳴り始める。不安はある。それでも彼を信じ頼りたい、そう思ったのだ。

「ユリアン様、私には前世の記憶があるのです」

ベアトリスの告白に、ユリアンの瞳が驚愕に揺れた。

「……それがベアトリスが変わった理由か」

ベアトリスの話が終わると、ユリアンは深いため息をついた。

「はい。ロゼの人格とベアトリスの人格が混じり、今のようになりました」

「そうか……」

「信じてくださるんですね」

彼の表情を見てそう確信したベアトリスはほっと安堵の息をつく。

スラニナ大司教の手で殺されたことについては、感情を抑えて淡々と告げた。

それでもユリアンは眉をひそめたが、追及はしてこなかった。

「もちろんだ。納得できたよ」

「この件は家族にも話していません。言っていいか迷ってしまって」

「クロイツァー公爵家の人々なら受け止めてくれるだろう。無理に言う必要はないが」

「そうですね。ゆっくり考えます」

ベアトリスはユリアンを見つめて微笑む。

「迷ったり悩んだりしたときは、俺を頼って」

ユリアンがそう言いながらベアトリスの手を取った。彼の眼差しは慈しみにあふれている。

ベアトリスは胸の高鳴りを覚えながら、心からうなずいた。

「はい、頼りにしてます」

いつの間にか彼に対する信頼が誰よりも大きくなっている。

ユリアンはそれはうれしそうに目もとを和らげてから、ベアトリスの小さな手を口もとに引き寄せてそっとキスをした。

「この氷のような塊を壊すことはできるんでしょうか」

ベアトリスは眠るレネを見下ろしつぶやいた。

ユリアンは難しい顔をした。

「今の状態は眠りというよりも時を止めているように見える。そのような術は聖女しか使えない」

「私たちには助ける方法がないのですね」

ベアトリスは眉を下げ肩を落とす。

せっかく再会できたのに、眠ったままのレネの姿が悲しい。彼女を苛む者はもういないのだと教えて、抱きしめてあげたいのに。

レネの頬に手を伸ばす。温度のない氷に妨げられて届かないのが悔しかった。

「レネ……」

ベアトリスがそうつぶやいたそのとき、目の前が赤く輝いた。

「え？　まさかピピなの？」

見覚えのある光景にベアトリスが戸惑っていると、部屋でぐったりと眠っていたはずのピピが突然現れた。今朝までの弱々しさはなく、元気にベアトリスの周りを飛び回っている。

「ピピ、よかった！　元気になったのね」

ベアトリスは喜び弾んだ声を出す。ところがどこか様子がおかしい。

「ピピ？　どうしたの？」

問いかけるとピピは突然勢いよく上空に向かった。これほど高く飛ぶピピを見るのは初めてであぜんとする。

「なにをしようとしているんだ？」

ユリアンも戸惑いを見せる。

ピピは上空に円を描くように飛んでいる。そのとき、小さな体から眩い光があふれて辺りは金色に包まれた。

とっさに目をつむったベアトリスだが、おそるおそる目を開いた瞬間、大きく目を見開いた。神木の上空には炎をまとった美しい鳥の姿があったのだ。

神々しいその姿にごくりと息をのむ。

「あ、あれはなに？　ピピはどこなの？」

もしやあの鳥の出現で吹き飛ばされてしまったのか。

「危ない！」

突然ユリアンがベアトリスの体をぐっと引き寄せ、自分の腕で包み込んだ。その直後、鳥から炎が舞い上がり、神木を包み込む。

「神木が！」

ユリアンの腕の中でベアトリスが叫ぶ。

もう終わりだ。あれほどの勢いで炎が回ったらユリアンの氷でも消せないだろう。

目の前が真っ暗になり絶望が襲ってくる。

「待て、あれは！」

ユリアンが驚愕の声をあげた。ベアトリスも小さく声をあげる。

「黒い靄が消えていく」

まるで炎の鳥が浄化しているかのように、神木を苛んでいたすすのようなものが蒸発していく。

後に残ったのは、みずみずしい葉を広げる雄大な大樹だった。

「いったいどうなっているの？」

ベアトリスはぼうぜんとつぶやく。

「見ろ、炎の鳥が消える」

「え？」

見上げると、両翼を広げていた鳥がどんどん小さくなっていく。

同時にフワリフワリと風に漂うように下降し始める。

ベアトリスは信じられない光景に、息をするのも忘れて見入った。

ユリアンとベアトリスの前まで降りてきた鳥は、ピピの姿になっていたからだ。

「まさか、ピピがあの鳥になったの？」

かわいい小鳥の姿になったピピに問いかける。いつも通りちょっと間抜けな表情をしたピピは「きゅ」と鳴き首をかしげる。

「信じられない！」

さっきまでの神々しい姿の面影がまったくないではないか。

「再生の炎……スラニナ大司教が言っていたベアトリスの力とは、このことだったんだな」

ユリアンが確信したようにつぶやく。

「どうしてスラニナ大司教がピピの力を知っていたのでしょうか。私だって知らなかったのに」

「召喚式はフィークス教団のコスタ司教が行った。ベアトリスの召喚した精霊は前例がないもので注目を浴びていたから、神殿側で調べたのだろう」

「なぜ私があんなにも強大な力を持つ精霊を召喚できたのかが謎ですね」

クロイツァー公爵家が代々強大な炎の力を持つ家系だからだろうか。

(ピピは炎の神鳥のようだったものね)

「でも、こんなにすごい力でも、レネを目覚めさせるのは無理だったなんて……」

恐ろしい者がいなくなり、これからは聖女として幸せに生きていけるというのに。

悲しい気持ちになってそっと氷をなでる。するとピピがぴょんと氷の上にのり、小さなくちばしでつつき始めた。

「ピピ、だめよ……え？」

注意をしようとしたベアトリスは声を失った。

レネを覆っていた氷が、ピピがつついた部分からひび割れて砕け始めたのだ。

一度崩れた氷が粉々になるまではあっという間だった。

近づく者を拒むものはなにもなくなり、真っ白だったレネの頬に赤みが差し始める。

やがて瞼が震えてそっと開き、美しい森を思い出させる緑の瞳に光が宿る。

「レネ？」

ベアトリスは思わず彼女を覗き込んだ。

「えっ？」

レネは大きな目を丸くする。けれどそれは一瞬で、すぐ目に涙を滲ませた。

「ロゼ……ロゼだよね？」

今のベアトリスは姿ががらりと変わり、ロゼの面影はいっさいない。それでもレネは、ロゼの魂がたしかにここにいるのだと確信しているようだった。

ベアトリスは泣き笑いになりながらうなずいた。

「うん、レネ、久しぶり。もう一度会えて本当にうれしい」

「ロゼ、ロゼ……うわあああん」

レネは小さな手を伸ばし、ロゼの首にすがりつく。

「ごめんなさい、私がわがままを言ったから、ロゼがあいつに！」

呼吸困難になりそうなほどしゃくり上げて泣くレネを、ベアトリスはぎゅっと抱き返した。

「もう大丈夫だよ。あの人たちはもういないの。これからは怖いことはなにもないんだから」

「……本当に？　ロゼはもう怖くないの？」

「もちろん。今は私たちを助けてくれる人がたくさんいるの。それにレネもお祈りしてくれたんでしょう？　私を守ってくださいって」

スラニナ大司教が言っていた言葉を思い出した。

『名もない平民の娘におおいなる祝福を与え、無駄に力を使った』

あれはたぶんロゼのことだ。最期のとき、ロゼにすがるレネが発した清らかな光に包まれた記憶がある。

「私お願いしたの。ロゼを死なせないでくださいって。幸せになろうって約束を守れるようにしてほしいって」

ロゼは泣きじゃくるレネの背中を優しくなでながら、ああそうだったのかと腑に落ちる思いだった。

(私に前世の記憶があるのは、聖女様の祝福のおかげなのね)

死なせないでくださいという願いは届かなかったが、ロゼの魂は転生という形で蘇ったのだ。

(以前の私が異常に貪欲だったのも、約束を守ろうとする聖女様の意志？ケーキを食べたいとか、綺麗な服を着たいとかたくさん話したものね……でもそれはないか)

さすがにその解釈は都合がよすぎる。単に生まれ持った性格だろう。

ベアトリスはくすりと笑った。

「約束は守られたよ。だからこれからはもっと幸せになろうね」

レネはベアトリスの胸で泣き続ける。それは喜びの涙でもあった。

その後、王家の近衛騎士団が到着して、ドラーク枢機卿とスラニナ大司教を捕らえ連行した。

「聖女は眠ってしまったようだな」

ベアトリスの腕の中ですやすや眠るレネを見て、ユリアンが小さな声で言う。

「はい。きっと安心したのでしょう」

「……聖女は本当だったら二十六歳のはずだが、完全に時を止めていたのだな」

「信じられないけど、そうみたいです。スラニナ大司教の話では自ら眠りについたようです。その間はなぜか時が止まるのでしょうね」

レネはどう見ても記憶の中の姿と変わらない幼子だ。

「聖女を王妃にと言いだす者は激減するだろうな」

「そうですね」

十九歳と六歳。絶対にないとは言えない年齢差だが、レネがユリアンの妃だなんて想像できない。

「聖女が年相応の大人だったとしても、俺の妃はベアトリスしか考えられないが」

ユリアンがベアトリスの肩を抱く。

「ユリアン様……」

「今まで大変な苦労をしただろう。だがこれからは、俺が君を守り支えたい。どうかともに生きることを許してくれないか？」

真摯な眼差しにベアトリスの心が大きく揺れた。

それは次第に喜びに変わっていき、頬が熱を持つ。

初めは怖くて仕方なかった。関わりたくないと思っていた。

けれど、彼の優しさと強さを知るうちに、気づけば好きになっていた。

今でもまだ自分が王太子妃にふさわしいとは思わないが、努力したいと思う。

「はい。私もユリアン様とともに生きていきたいです」

ベアトリスの勇気を込めた返事に、ユリアンは破顔する。

大きな手が優しくベアトリスの頬に触れて、ユリアンから視線を逸らせないようにする。

彼の美しい瞳に魅入られて、場所も状況も忘れてしまいそうだった。

ふたりの距離が近づいていく、そのとき。

「ユリアン！」

厳しい声が、甘さと緊張をはらんだ空気を霧散させるように割り込んできた。

　ユリアンはぴたりと動きを止めて、あからさまにため息をつく。

「……ゲオルグ、どうした」

「抵抗する者はすべて制圧した。大司教の魔法によるツェザールの状態異常も解除できた」

「わかった」

「聖女を連れて王宮に帰ろう。陛下に報告と今後について話し合わなくてはならない」

　ユリアンはあきらめたようにベアトリスから手を離す。

「聖女は俺とベアトリスが連れていく。ツェザールは通常の規則通り連行しろ」

「ああ……だがユリアン。ドラーク枢機卿たちの企みを暴けたのはツェザールの動きによるものが多い。しっかり考慮してくれ」

「そうだな。だが結果としてうまくいっただけで、独断でベアトリスを危険な目に遭わせる判断をしたのは許せない。無罪放免にはならない」

　一瞬苦渋に満ちは表情をするもすぐに切り替えたゲオルグは、立ち去る前にベアトリスに目を向け会釈をしてから、足早に近衛騎士たちの方に去っていった。

「ツェザール様の行動はユリアン様の指示ではなかったのですか？」

「もちろんだ。スラニナ大司教がベアトリスに接触するのを許さなかったのは俺だ。

神殿の内情を探るチャンスだとわかっていても、ベアトリスを危険な目に遭わせたくなくてほかの手を考えていたところだ。だがツェザールが勝手に教団に通じてベアトリスを連れ去った」

「彼の独断による行動だったのですね」

「そうだ。ツェザールは王家を裏切るつもりはなく、事後報告ではあるが得た情報をこちらに送ってはいた。当然、ベアトリスが連れ去られたこともすぐに把握できた」

「だからユリアン様が助けに来てくれたのですね。ツェザール様のおかげで助かったんですね」

「だからといって許せることではない」

ユリアンはベアトリスの背中を優しく押した。迎えの馬車の用意ができたのだろう。

「帰ろう、王宮へ」

「はいユリアン様」

ベアトリスは最後に神木をもう一度見た。雄大な大樹に見送られて、ベアトリスたちは帰還したのだった。

一連の騒ぎで、三日間は王宮もクロイツァー公爵家も騒がしく落ち着かずにいた。

ドラーク枢機卿とスラニナ大司教、その他の高位司教の裏切りは衝撃だったが、それを知る者はごくわずかなため、フィークス教信者や国民を巻き込むような事態にはならずに済んだ。

王宮に一時保護されたレネは、まだ体が本調子でないのか多くの時間を寝て過ごしている。けれど起きているときはベアトリスを気にして、早く会いたいと訴えているそうだ。

王宮の信頼できる人たちが面倒を見てくれているのでそこまで心配はしていないが、早く会いたいのはベアトリスも同じ。ただ神殿から帰還した途端に高熱を出してしまい、いまだベッドの中で過ごしている。

ピピもここ数日眠ってばかりだ。とはいえ以前と違い寝顔は穏やかだし、起きている時間は元気にしているので、大きな力を使った疲れを癒しているだけだろう。

ユリアンは毎日馬を飛ばして、クロイツァー公爵邸へベアトリスの見舞いに訪れる。

そうしてベアトリスが眠るベッドの隣でかいがいしく世話をするのだ。

「熱はどうだ？」

「だいぶ下がったのでもう大丈夫なんですが、お父様たちがまだ安静にしていろとうるさいのでベッドから出られないんです。とくにお母様は過保護になってしまって」

母はベアトリスが誘拐されたことで大きなショックを受けて自分を責めたそうだ。

『あのとき、どうにも怪しい気がしていたのよ。王太子命令でも行かせなければよかった』

そう言い、より慎重に用心深くなってしまった。

「仕方ない。俺もベアトリスがさらわれたと知ったとき、肝が冷える思いだった」

「でもユリアン様は、ツェザール様が王家を裏切ったわけではないと知っていたのでしょう?」

彼は国のために聖女を見つけ出すことと、ユリアンが悪女を娶るのを妨害しようとした。王家への忠誠心は信じられるだろう。

「それでもベアトリスを完全に守るとは思えなかった」

「……あの、ツェザール様は今どうしているのですか?」

彼はユリアンの大切な友人だ。それでもユリアンはツェザールに特別扱いをしないように指示していた。

「一か月の謹慎。騎士団での序列は降格だ。だが俺の側近からははずしていない。ベアトリスに対して許されないことをした。だが彼は、俺にとってかけがえのない友であり側近でもある。理解してくれるか?」

気づかわしげなユリアンの言葉に、ベアトリスは笑顔でうなずいた。

「もちろんです。もとはといえば私の行動が原因で、ツェザール様があのような態度になったのですから」

ユリアンから昨年の冬季休暇の事件について聞いたベアトリスは、その場で土下座をして謝罪したくなった。

(大切な妹さんに魔法で攻撃して傷つけたなんて……憎まれて当然だわ)

「ユリアン様、お願いがあります」

「なんだ？　ベアトリスの願いならどんなことでも叶えよう」

ユリアンはかなり乗り気で目を輝かせる。

「私にツェザール様と彼の妹さんに謝る機会を与えてください」

彼は一瞬無言になったが、やがて苦笑いになった。

「ベアトリスらしいな。もちろん俺が和解に協力するよ」

「ありがとうございます！」

「でも次はもっと違うお願いを聞いてみたいな」

「え、どんなことですか？」

きょとんとするベアトリスに、ユリアンはなにかを企んでいるようにニヤリと笑う。

「例えば、もっと一緒に過ごしたいとか、帰らないでとかだな」

「え、それは……」

　ベアトリスは頬を染めた。それはいつも心の中で願っていることではあるものの、口にする勇気はなかなか出ない。

　ユリアンはそんなベアトリスを愛おしそうに見つめている。

「いつか言ってくれると期待しておく」

「はい、努力します」

「それじゃあ食事にしよう。少しでも食べないと体に悪いからな」

　ユリアンは侍女が届けたスープをスプーンですくい、ベアトリスの口に運ぶ。

「ユ、ユリアン様、自分でできますから」

「だめ。はい口を開けて」

　どうやら彼はベアトリスの世話をするのが好きらしい。

　ベアトリスは小鳥のように小さな口を開き、最愛の婚約者の手でおいしくスープをいただいたのだった。

「ロゼ、お庭に散歩に行こう」

体が回復したベアトリスは王宮のレネのもとを訪ねた。

「レネ、元気そうでよかった」

「うん。今日はロゼと会えたからもっと元気だよ」

ずいぶん明るくなったものだ。ユリアンの話ではときどき塞ぐことがあるようだが、この様子なら徐々に回復していくだろう。

レネはベアトリスを前世のときと同じように呼ぶ。幸いミドルネームが〝ローゼ〟なので、周囲の人が違和感を持ったりすることはないのでよかった。

「昨日ね、おいしいケーキを食べたの」

「そう。よかったわね」

ベアトリスはにこりと微笑む。レネは以前も甘いものが好物だった。

平民にケーキは高価なので滅多に食べられなかったから、一緒にケーキを手作りして食べた記憶が懐かしい。

「でもロゼのケーキも食べたいな」

「明日、作ってきてあげるわ」

「うわあ、楽しみ！」

しばらく楽しくおしゃべりを続けていたが、ふいにレネが黙り込みベアトリスをじっと見つめた。

「どうしたの？」

「んー今のロゼってすごく綺麗でしょう？　ピンクのフワフワした髪に綺麗な赤い目でお姫様みたいだよ」

（そういえば、昔読んだ絵本のお姫様が今のベアトリスのような容姿をしていたっけ）

「ありがとう、レネに褒めてもらってうれしいわ」

「みんなロゼが綺麗だって言ってる」

「そんなことないでしょ？」

「ううん。王太子殿下も、そう言ってるもの」

レネはなぜか不機嫌そうだ。

「ユリアン様が？」

「うん。あの人ロゼを独り占めしちゃいそうで嫌だな」

ベアトリスは困って苦笑いをした。このぶんではユリアンと結婚するなんて言ったら機嫌を損ねてしまいそうだ。

王宮でのベアトリスの立場は、聖女に異常に好かれているということで飛躍的に上昇しており、早く王太子と結婚をと勧めてくる者もいるくらいだ。いずれレネの耳にも入るだろう。

「ロゼは私とずっと一緒だよね？」

小さな子特有のかわいい焼きもちに、そうだねと答えようとしたとき、ユリアンがやって来た。

「ここにいたのか」

そう言って微笑む彼は、騎士団を訪れた後だったのか、黒い騎士服をまとい常より男らしさを感じる姿だった。

つい見惚れていたベアトリスははっとして、彼を迎える。

「ユリアン様、レネと散歩をしていたのです」

「そうか」

ユリアンは幸せそうに目もとを和らげると手を伸ばし、ベアトリスの頬に触れようとする。

しかしレネがそれをぴしゃりと防いだ。

「王太子様、早く仕事に行かないとだめでしょう？」

ユリアンの顔がほんの少しだけ引きつった。

「婚約者との時間は大切にしなくてはいけないんだ。聖女殿こそそろそろ勉強の時間ではないのか？」

「私はロゼと遊ぶんだもん」

「では俺はその後に、ベアトリスとの時間を楽しもうか」

ユリアンとレネ、ふたりの間には火花が散っているようだ。

「ふ、ふたりとも、仲よくしましょう」

ベアトリスはふたりの間に入る。騒がしいけど平和なひととき。

幸せになりたいと願い生まれ変わった。なにもかも手に入れられる恵まれた立場なのに満たされなかった日々を過ごし、今ようやく心から願いを叶えられたと感じている。

「ユリアン様もレネも、大好きよ」

ふたりの手をぎゅっと握り告げると、辺りに温かな空気があふれた。

END

特別書き下ろし番外編

幸せな結末

「ミリアム様。昨年の冬季休暇の際の私の愚行について、心から謝罪いたします。本当に申し訳ありませんでした」

ベアトリスはひどく緊張しながら、赤い髪をした兄妹の前で深く頭を下げた。

(ユリアン様が用意してくれたせっかくの機会。許してもらえるとは思わないけど、気持ちはしっかり伝えたい)

「あ、あの……顔を上げてください。公爵令嬢にこんなことをされたら困ります」

沈黙のあと、戸惑う女性の声が耳に届いた。

「いいえ、勘違いで激高し攻撃魔法を放つなんて許されないことをしたのです。本当に反省しています。許してもらえるとは思っていませんが、謝罪させてください」

さらに深く腰を折ろうとすると、がしっと肩を掴まれた。

「本当にやめて！　もう怒っていませんから！」

「え……」

顔を上げると心底困った顔をしたミリアムがいた。

（まずいわ。これでは許すのを強要しているみたいじゃない）

どうしようかとベアトリスは眉を下げる。

「あの、本音を言わないとあなたが納得しないと思うので、はっきり言いますね」

ミリアムが決心したようにきりっとした目をする。

「はい」

「あのときは頭に来たけど、今はもうなんとも思ってません。あなたがよい人に変わったのは知っているし。それにあなたも兄の魔法でけがをしたんですよね？　先日は誘拐まがいのことまでしたようですし、むしろ兄をよく訴えないでくれていると感謝しています」

腕を組んでしみじみ語るミリアムは、貴族女性にしてはかなりさばさばしている。

「クロイツァー公爵令嬢」

それまで黙っていたツェザールが前に進み出た。

「は、はい」

「正直言ってミリアムの件ではまだわだかまりがある。だが、俺もあなたにひどいことをした。申し訳なかった」

ツェザールが先ほどのベアトリスに負けないくらい、深く頭を下げた。

「い、いえ……私が原因ですから。でも、もし許されるなら、これからはユリアン様を支えるために協力できたらと思います」

「ああ。そう言ってもらえるとありがたい」

　ツェザールがうなずく。

「ちょっとお兄様、もう少し遠慮しなさいよ。相手は未来の王妃なのよ？」

「ミリアム様、いいんです」

　止めようとするとミリアムにあきれたような目を向けられた。

「だめです。クロイツァー公爵令嬢は極端ですね。今度は腰が低すぎますよ。気をつけた方がいいです」

「そ、そうですね、善処します」

　ベアトリスはうれしくて笑顔になった。和解とまでは言えないかもしれないけれど、彼らと一歩歩み寄れたような気がしたのだ。


「ロゼ、うれしそうだね。おいしいケーキを食べたの？」

　ツェザールたちを訪問した帰りに、レネを訪ねた。

　彼女は普段は王宮で暮らしているが、最近では定期的に神殿に行き神木に魔力を送っている。

「そうじゃないんだけど、けんかしていた人と仲直りできそうだからうれしくて」

わかりやすく端的に伝えると、レネはふーんと相づちを打った。

「けんかはしたくないもんね。でも王太子殿下が嫌なことをしたら、ちゃんと文句を言った方がいいよ」

「レ、レネ……」

ベアトリスは苦笑いになった。レネはまるで母親を取られた子どものようにユリアンに敵対心を持っているのだ。かといって彼を嫌っているわけではなく、それなりに認めてはいる様子。

「そうだ。ケーキを作ってきたの」

ベアトリスは公爵邸で作った懐かしの庶民ケーキを取り出す。

「わあ、ありがとう！」

「ぴぃ！」

「あ、ピピだ、一緒にケーキ食べようね」

「きゅ！」

レネはニコニコしながら、ケーキを箱から取り出す。

ピピとレネは仲がよくて、通じ合うものがあるようだ。とくにピピはレネがいると機嫌よくさえずることが多い。

神木を癒すほどの強い力を持つ一方、普段はまったく力を発揮できない極端なピピについて、ユリアンと何度も意見を交換し合っている。

今のところの認識として、ピピの力は再生だが、いつでもどこでも使えるわけじゃなく使用条件は不明。ベアトリスが召喚できたのは、転生するときに聖女の祝福を受けた影響ではないかと考えている。

「ロゼ、私この前あのおじさんに会ったんだ」

「おじさん?」

いったい誰のことだろう。

(まさか、国王陛下じゃないわよね)

「ドラーク枢機卿?」

彼はあの日神殿で捕らえられ、幽閉されているはずだ。

「どうしてレネと?」

「夢に来たの」

どういうことだろう。ベアトリスは眉をしかめる。

「あのおじさんはすごい魔法の力を持ってるんだよ。もう三百年も生きてるんだって」

「ま、まさか！　寿命を延ばす魔法なんて聞いたことがないわ」

「本当だよ。自分で言ってたもん。時間を操る魔法が使えるんだって」

そう言ってレネは一度口を閉ざす。

「どうしたの？」

「ロゼが死んじゃった森を覚えてる？」

「ええ、もちろん」

あの事件で思い出したが、ロゼが悲惨な最期を迎えた場所は討伐訓練で迷い込んだ森だった。深淵の森の中を逃げる途中、神官に捕まり魔法陣で連れていかれたのだ。

（どうりで怖かったはずだわ）

「あのね、あの森もおじさんがつくったんだよ。変な魔獣がいっぱいいるし、時間もおかしいんだって。王太子殿下にその話をしたら驚いてた」

「ユリアン様が？　なんて言ってたの？」

「そんな場所いらないから消すって」

「あ……そうなの」

ベアトリスは遠い目になった。

（ユリアン様なら本当に消してしまいそうだわ）

「そうだわ、ドラーク枢機卿はレネの夢に入ってきたのよね？　いったいなんの用だったの？」

「なんか助けてって言ってた。助けるわけないよね」

レネはぷうっと頬を膨らませた。

「あのおじさんのせいで、みんな困ったんだから。女神様の大樹が弱ったのも、おじさんの変な魔法が原因なんだよ」

「そうなの？」

ベアトリスは驚き声を高くした。

「神木が弱ったのは聖女様の魔力がなかったからじゃないの？」

「違うよ。だって私はずーっと樹の前に置かれて魔力を取られてたもん」

「そんな……」

つまりユリアンもベアトリスも大きな誤解をしていたのだ。

神木が枯れた原因は、聖女とは別にあったのだ。

（私に求めていたのは聖女様の代わりじゃなくて、ピピの再生の力だったのね）

「ロゼ、心配しないでね。王太子殿下に話したら、おじさんがもう悪いことしないようにやっつけるって言ったから」

「うん……そうだね」

その後、レネが言っていた通り犯罪者の断罪がひそかに行われた。

教団は敬虔な司教を枢機卿として立て直す。

代替わりは穏やかに行われた。それらはすべて、ユリアンたちの尽力によるものだろう。

「ようやくひと区切りつきましたね」

ドラーク枢機卿とスラニナ大司教を捕らえた日から、半年が経っていた。

ベアトリスはユリアンに呼ばれて、王宮の彼の部屋で久々のふたりの時間を過ごしていた。

「ああ。ようやくトリスと心ゆくまで過ごせるな」

ユリアンはうれしそうに、ベアトリスの肩を抱き寄せた。

なかなか時間が取れない間も、彼は決してベアトリスを放ってはおかなかった。ごく短い時間でも顔を合わす機会をつくり、気持ちを伝えてくれた。

ふたりの距離は順調に近づき、今では〝ユーリ〟と〝トリス〟と愛称で呼び合うようになっている。

「学院にも復帰できますね。またユーリと一緒に勉強できると思うとうれしいです。カロリーネも楽しみにしてますよ」

ユリアンは騒動の後始末に追われ、学院を休学していた。ベアトリスは一緒に卒業できるのか心配していたが、課題をこなすことでなんとかなりそうと聞いてほっとしたところだ。

「できればユーリと一緒に卒業したかったから」

「俺も同じ気持ちだよ。その一心で山のような特別課題をこなせた」

ユリアンは優しく笑ってから、そっとキスをする。

「卒業したらすぐに結婚しよう」

「……うん」

頬を染めるベアトリスをユリアンは愛しそうに見つめる。

「愛してる」

ユリアンはベアトリスを抱きしめて、そのままソファーに組み敷いた。

「ユーリ？　んっ……」

だめだと言おうとしたベアトリスの唇をユリアンのそれが深く塞ぐ。

少し強引に舌で唇をこじあけ、堪能するように口づけを深める。

初めは抵抗していたベアトリスも、やがてユリアンにすがるように逞しい背中に手を回した。

「ユーリ、大好き……」

「俺の方が愛してる。なにがあっても離さないから覚悟してくれ」

「……はい」

ユリアンはうっとりするほど魅力的な笑みを浮かべてからキスの続きをした。

結婚までは初夜はお預けなものの、ふたりはいつまでも離れずに愛情を伝え合ったのだった。

それから一年後。

ダールベルク王国は王宮から王都はずれの孤児院、辺境の村まで慶事に賑わっていた。

有能な王太子ユリアンの婚姻の日を迎えたのだ。

「ユリアン王太子殿下、万歳！」

「妃殿下、おめでとうございます！」

王都の大聖堂近くには、ひと目見ようと大勢の民が詰めかけていた。

祝福の声がやまない中、扉が開き、正装に白いマントを羽織った王太子が妃になったばかりの女性の手を引き現れた。

華麗なローズピンクの髪とルビー色の瞳の美しい花嫁は、とても幸せそうに微笑んでいる。

その傍らには、小さな赤い鳥が祝福するように羽ばたいていた。

END

あとがき

こんにちは。吉澤紗矢と申します。

このたびは『モフぴよ精霊と領地でのんびり暮らすので、嫌われ公爵令嬢は冷徹王太子と婚約破棄したい』をお手に取っていただきありがとうございます。

ファンタジーは何作か書いたことがあるのですが、今回は初めて前世持ちのヒロインになります。

わがままな公爵令嬢が、ある朝突然平凡な前世を思い出して……というところから始まります。

ファンタジーらしく精霊（召喚獣）なども出てくるのですが、ヒロインの精霊ピピは小鳥の姿をしています。色は全然違うんですがシマエナガがモデルです。

シマエナガのつぶらな瞳や真ん丸のボディ、きょとんとした顔。すべてが本当にかわいくて、ヒロインの精霊をなににしようか考えたとき、真っ先に思いつきました。

作中では何か所かヒロインと小鳥の触れ合いがあります。書いていてとても楽しかったです。

カバーイラストは眠介先生に描いていただきました。

かっこいいヒーローと綺麗でかわいいヒロイン。ふたりの召喚精霊も描いていただき感激です。ありがとうございました！

出版にあたり携わってくださった皆様に御礼を申し上げます。

最後になりますが、この本を読んでくださった皆様に深く感謝しています。

どうもありがとうございました。

また次の作品でお会いできるようにがんばります。

吉澤《よしざわ》紗矢《さや》

吉澤紗矢先生への
ファンレターのあて先

〒104-0031
東京都中央区京橋1-3-1
八重洲口大栄ビル7F
スターツ出版株式会社　書籍編集部　気付

吉澤紗矢先生

本書へのご意見をお聞かせください

お買い上げいただき、ありがとうございます。
今後の編集の参考にさせていただきますので、
アンケートにお答えいただければ幸いです。

下記URLまたはQRコードから
アンケートページへお入りください。
https://www.berrys-cafe.jp/static/etc/bb

この物語はフィクションであり、
実在の人物・団体等には一切関係ありません。
本書の無断複写・転載を禁じます。

モフぴよ精霊と領地でのんびり暮らすので、
嫌われ公爵令嬢は冷徹王太子と婚約破棄したい

2023年2月10日　初版第1刷発行

著　者　吉澤紗矢
©Saya Yoshizawa 2023
発行人　菊地修一
デザイン　カバー　ナルティス
フォーマット　hive & co.,ltd.
校　正　株式会社鷗来堂
編集協力　八角さやか
編　集　野島たまき
発行所　スターツ出版株式会社
〒104-0031
東京都中央区京橋1-3-1　八重洲口大栄ビル7F
TEL　出版マーケティンググループ　03-6202-0386
(ご注文等に関するお問い合わせ)
URL　https://starts-pub.jp/
印刷所　大日本印刷株式会社

Printed in Japan

乱丁・落丁などの不良品はお取替えいたします。
上記出版マーケティンググループまでお問い合わせください。
定価はカバーに記載されています。

ISBN 978-4-8137-1393-7　C0193

ベリーズ文庫 2023年2月発売

『君は僕なしでは生きられない～エリート御曹司は薄幸令嬢を逃がさない～』　あさぎ千夜春《ちよはる》・著

御曹司・白臣との結婚から姉が逃げたことをきっかけに、家が没落した元令嬢の夏帆。奨学金をもらいながら大学に通っていると、7年ぶりに白臣が現れ、なんと夏帆に結婚を申し出て…!?　戸惑いつつもとんとん拍子で結婚が決まり同居がスタート。大人な彼にたっぷり甘やかされ、ウブな夏帆は陥落寸前で…!?

ISBN 978-4-8137-1388-3／定価726円（本体660円＋税10%）

『クールな警視正は新妻を盲愛しすぎている』　水守《みずもり》恵蓮《えれん》・著

日本の警察界のトップを歴任してきた名門一族出身の瀬名奎吾と政略結婚した凛花。いざ迎えた初夜、ずっと好きだった相手に組み敷かれるも、ウブな凛花の態度に奎吾は拒否されていると思い込んでしまう。互いに強く想い合うあまりすれ違いが重なり——。そんな時、凛花が事件に巻き込まれて…!?

ISBN 978-4-8137-1389-0／定価737円（本体670円＋税10%）

『エリート航空自衛官の甘すぎる溺愛で囲い娶られました～敏腕パイロットの25年越しの一途愛～』　晴日《はるひ》青《あお》・著

ウブなOLの実結は、兄から見目麗しく紳士的な男性を紹介される。航空自衛官だという彼とのデートにときめいていると、実は彼の正体は幼馴染で実結の初恋の相手・篠だった！　からかわれていたと思い怒る実結に「いい加減俺のものにしたい」——篠は瞳に熱情をにじませながら結婚を迫ってきて…!?

ISBN 978-4-8137-1390-6／定価726円（本体660円＋税10%）

『誰も愛さないと言った冷徹御曹司は、懐妊妻に溢れる独占愛を注ぐ』　美希《みき》みなみ・著

祖父から嫁ぐよう強制された天音は、大企業の御曹司で弁護士としても活躍する悠希と離婚前提の政略結婚をすることに。「人を愛さない」と冷たく言い放つ彼だったが、一緒に暮らし始めると少しずつ距離が縮まっていき…。言葉とは裏腹に悠希に甘く翻弄されていく天音。やがて、赤ちゃんを身ごもって!?

ISBN 978-4-8137-1391-3／定価726円（本体660円＋税10%）

『激情を秘めたエリート外交官は、最愛妻を啼かせたい～契約結婚のはずが溺愛で満たされました～』　きたみまゆ・著

恋人に裏切られ仕事も失った日菜子。失意の中雨に打たれていると、兄の友人である外交官・亮一と偶然再会し契約結婚を持ち掛けられる。利害が一致し、期間限定の夫婦生活がスタート。2年後には離婚するはずだったのに、ある夜、情欲を滾らせた亮一に激しく抱かれた日菜子は、彼の子を妊娠してしまい…。

ISBN 978-4-8137-1392-0／定価726円（本体660円＋税10%）